Aya Shouoto
1
my only vampire
PURE BLOOD
BOYFRIEND

Sommaire

Moonphase 1
KANA... ACCEPTE D'ÊTRE MIENNE
SI SEULEMENT J'AVAIS PU ATTRAPER SA MAIN À CE MOMENT-LÀ
J'AVAIS BESOIN DE TE RENCONTRER
TU AS UN PROBLÈME
JE NE MÉRITE PAS DE TOMBER AMOUREUSE
JE NE PEUX REVENIR
SOUILLE-MOI

VOILÀ ...
OUAAH ♡
JE SAVAIS QUE TU FERAIS L'AFFAIRE ! POUR JOUER LE RÔLE DU PRINCE...
IL NOUS FALLAIT UNE POITRINE PARFAITEMENT PLATE !!
AAAAAH !
EVITEZ DE REMUER LE COUTEAU DANS LA PLAIE...
DÉJÀ SI TARD ? IL FAUT QUE J'Y AILLE
OUI...
QUOI ? DÉJÀ ?
DÉSOLÉE
OUAAAH
C'EST VRAIMENT DOMMAGE QUE CE SOIT UNE FILLE

* ndt : un sport d'équipe d'Asie du Sud-Est ressemblant fortement au volley-ball, mais dont la particularité est qu'il se joue principalement au pied (l'utilisation des mains et des bras est interdite).

AH !
À+
DOINS
POUR TOUTE NOUVELLE DEMANDE À KANA, ADRESSEZ-VOUS À MOI !!
DOINS
AH LA LA
ES-TU CONSCIENTE QUE C'EST PARCE QUE TU ACCEPTES TOUTES LES DEMANDES QUE TU ES ASSAILLIE DE TOUTES PARTS ?
NON ...
MAIS ÇA ME REND TELLEMENT HEUREUSE DE POUVOIR ÊTRE UTILE...
Rie Kurumido, Seconde C
FRAN-CHEMENT
T'ES VRAIMENT TROP NAÏVE...
GENRE LA « MÉGA BONNE POIRE »
C'EN EST DÉMOTIVANT
C'EST QUOI CE SURNOM ?
TU POURRAIS AU MOINS M'ACCORDER UN PEU DE TON TEMPS
EX-CUSE-MOI

QUOI... ENCORE TAKACHIHO ?
PSS
ELLE OSE RESTER DANS NOTRE ÉCOLE ALORS QU'ELLE A ABANDONNÉ NOTRE CLUB D'ATHLÉTISME...
PSS
QUELLE EFFRONTÉE ...
ELLE DOIT FRANCHEMENT AVOIR UN PROBLÈME QUELQUE PART
ENCORE CES NANAS DE L'ATHLÉ-TISME... !!
QUELLES RANCU-NIÈRES
NE FAIS PAS ATTENTION À CE QU'ELLES DISENT, KANA
HUM... JE SAIS, MAIS...
J'AI RÉUSSI À ENTRER DANS CE LYCÉE GRÂCE À L'APPUI DU CLUB D'ATHLÉTISME
MAIS JE N'AI FINALEMENT JAMAIS PU M'Y RENDRE UTILE À CAUSE D'UNE BLESSURE...
JE N'Y PEUX RIEN
ELLES DISENT QUE J'AI UN « PROBLÈME »
ELLES NE POUVAIENT PAS MIEUX ME DÉCRIRE...
FRANCHE-MENT
TU FERAIS MIEUX DE QUIT...
BOOM
HÉÉ
KANA TAKACHIHO

SORS AVEC MOI
QUOI ?!

J'Y CROIS PAS... C'EST BIEN SHIRANUI, NON ? IL FAIT FLIPPER...
ON DIRAIT TROP UNE RACAI...
GRRR
VOUS ALLEZ LA FERMER ?!
LES GRELUCHES !!
C... CE N'EST PAS UNE FAÇON DE PARLER...
IL SE LA JOUE VOYOU ?
JIN SHIRANUI !!
MA... KANA ?
TU N'AS PAS HONTE DE DIRE UNE CHOSE PAREILLE À MA KANA ?!
EST-CE QUE TU TE RENDS COMPTE À QUEL POINT ELLE SOUFFRE PAR TA FAUTE... ?!
...
TSS...
MAIS ATTENDS ...
T'ES VRAIMENT UN COUREUR DE JUPONS DE PREMIÈRE !
RÉPÈTE UN PEU ?!
MERCI RIE, ÇA VA ALLER
JE VAIS ÉCOUTER... CE QU'IL A À DIRE

ALORS DÉJÀ...
MATTE
OUI
JE NE M'EN FAIS PAS
ÇA A L'AIR D'ÊTRE UN GARS BIZARRE, ET PUIS IL FAIT UN PEU PEUR...
NE TE FAIS PAS DE FILM, CE N'EST PAS CE QUE TU CROIS
Jin Shiranui, Seconde C
SI COMME TOUT À L'HEURE ...
LES NANAS T'EN FONT VOIR DE TOUTES LES COULEURS...
OU T'UTILISENT COMME UNE ESCLAVE...
C'EST ENTIÈRE-MENT...
À CAUSE DE LA BLESSURE QUE TU AS REÇUE PAR MA FAUTE !!

J'IMAGINE QUE TU N'AS PAS VRAIMENT ENVIE DE MARCHER À CÔTÉ D'UN POURRI COMME MOI...
MAIS J'AI QUAND MÊME UNE MORALE... J'AI ABSOLUMENT BESOIN DE TIRER UN TRAIT SUR CETTE HISTOIRE
CET INCIDENT LE PRÉOCCUPE DONC TOUJOURS AUTANT...
JE VEUX TE PROTÉGER...
POUR CETTE BLESSURE ...
TU N'AS PAS À T'EN FAIRE, C'ÉTAIT SURTOUT UNE ERREUR D'INATTENTION DE MA PART
QUOIIII ?!
DING
HA HA HA HA HA

ZAAP
N'EMPÊCHE, TU DONNES SOUVENT UNE IMAGE DE GROS DUR
MAIS EN VRAI...
T'ES UN MEC SUPER GENTIL
TAM
HÉ, NE TE LA JOUE PAS TROP, NON PLUS
EN FAIT...
JE N'AI PAS VRAIMENT BESOIN D'ÊTRE PROTÉGÉE

TAP
TAKA-CHIHO...
DODOOM
...!
SI SEULEMENT ELLE POUVAIT ME PARDONNER...
ET MERDE...
C'EST... PAS POSSIBLE...
HAA
POURQUOI...
POURQUOI JE M'ÉNERVE COMME ÇA, SANS RAISON... ?

WHOUU
IL EST PAS BIEN, CE DOM JUAN
AH
...
QU'EST-CE QUI T'ARRIVE ?
17 h 10 : chemin du retour
HUM... RIEN, J'AVAIS JUSTE L'IMPRESSION QUE QUELQU'UN NOUS REGARDAIT
JE ME FAIS SANS DOUTE DES IDÉES...
QUI SAIT, C'EST PEUT-ÊTRE ENCORE QUELQU'UN QUI CHERCHE À T'ENRÔLER
OU PIRE, L'AUTRE COUREUR DE JUPONS QUI TE SUIT ?
BRRR
MAIS NON, VOYONS
HUM...
PAR CONTRE ...

SI MOI, J'AI DÉCIDÉ DE NE FAIRE PARTIE OFFICIELLEMENT D'AUCUN CLUB EN PARTICULIER...
TU N'ES PAS OBLIGÉE DE FAIRE PAREIL. SI UN CLUB TE PLAÎT VRAIMENT, N'HÉSITE PAS À Y ENTRER
RIE...
SI BIEN SÛR TU ARRIVES À EN TROUVER UN QUI TE CONVIENNE
HUM...
JE N'ARRIVE PAS VRAIMENT...
C'EST VRAI
MAIS C'EST ASSEZ PLAISANT DE S'ESSAYER À PLEIN DE CHOSES DIFFÉRENTES
DE RETROUVER...
DE MEILLEURES SENSATIONS...

QUE CELLES QUE J'AI CONNUES JUSQU'À PRÉSENT
JE VAIS Y RÉFLÉCHIR ENCORE UN PEU...
ET PUIS MAINTENANT QUE JE N'AI PLUS MA BOURSE D'ÉTUDE SPORTIVE, IL FAUT AUSSI QUE JE BOSSE...
POUR PAYER MES FRAIS DE SCOLARITÉ
J'AI TROUVÉ UN JOB DANS UN CAFÉ SITUÉ SUR LE CHEMIN DU RETOUR
C'EST VRAI ?!
TU VAS ÊTRE SERVEUSE ?!
AVEC UN PETIT TABLIER ?
DINS
DINS
EUH NON, NON, UN UNIFORME NORMAL...
AVEC UN TABLIER NOIR...
LES GÂTEAUX SONT BONS LÀ-BAS... ÇA TE DIT ?
POURQUOI PAS ! AH MAIS NON... C'EST VRAI QUE...
C'EST LE JOUR DE LA SORTIE DE...
BOING
COM-MENT ?
J'AI RENDEZ-VOUS AUJOURD'HUI, DÉSOLÉE ! INVITE-MOI LA PROCHAINE FOIS !
NON, C'EST RIEN !
TAP
FAIS ATTENTION À TOI, KANA
O.K.

RIE... ELLE PARLE VRAIMENT COMME MA MÈRE
CLAP
BOITE DE RECEPTION
17:12
De : Maman
Sujet : Pour Kana
Tout va bien, Kana ?
Ton père se fait du souci à cause de tous ces graves événements qui se déroulent à Yagaichô ces derniers temps
Options
TOUT VA BIEN, KANA ?
TON PÈRE SE FAIT DU SOUCI À CAUSE DE TOUS CES GRAVES ÉVÉNEMENTS QUI SE DÉROULENT À YAGAICHÔ CES DERNIERS TEMPS
LORSQUE LA NUIT TOMBE, ÉVITE DE MARCHER SEULE
ET NE TE SENS PAS OBLIGÉE DE FAIRE UN PETIT BOULOT
IL FAUDRA QUE JE PARLE À MA MÈRE DU JOB QUE J'AI COMMENCÉ DÈS SON RETOUR DE L'ÉTRANGER
ET DÉSOLÉE ENCORE DE T'IMPOSER DE GARDER MASAYUKI
POURQUOI ELLE S'EXCUSE POUR ÇA ?
KANA
TU N'ES PAS TRISTE, J'ESPÈRE ?
ELLE ME PREND VRAIMENT POUR UNE ENFANT...

LA TRISTESSE... C'EST LE GENRE DE SENTIMENT QUE J'AI DU MAL À SUPPORTER
C'EST PEUT-ÊTRE POUR ÇA QU'ON DIT QUE J'AI UN PROBLÈME
NON, JE PENSE QUE MON « PROBLÈME » EST PLUS...
HA HA
MAIS TU SAIS...
CLIP
FRRRRR
GLOUPS
OUAAH
PLUS...
AH...

IMPOR-TANT...
CES MOMENTS QUE J'AI PASSÉS À SATOYAMA...
KANA
AVEC CE BEAU GARÇON...
ET UN AUTRE, TOUJOURS MUET
TOI AUSSI, T'ES UNE FILLE BIZARRE

À CAUSE DE CE FEU...
QUE J'AI PROVOQUÉ
FLAP
FLAP
TOUS... ILS ONT TOUS BRÛLÉ VIFS...
HAA
...
GYOUP
NON, ARRÊTE D'Y PENSER...
ZAAP

TAP
HA...
TAP
TAP
NARK...
TAP
ZOM
« TOUS CES GRAVES ÉVÉNEMENTS QUI SE DÉROULENT CES DERNIERS TEMPS »
DAM
TAP
TAP
VOYONS...

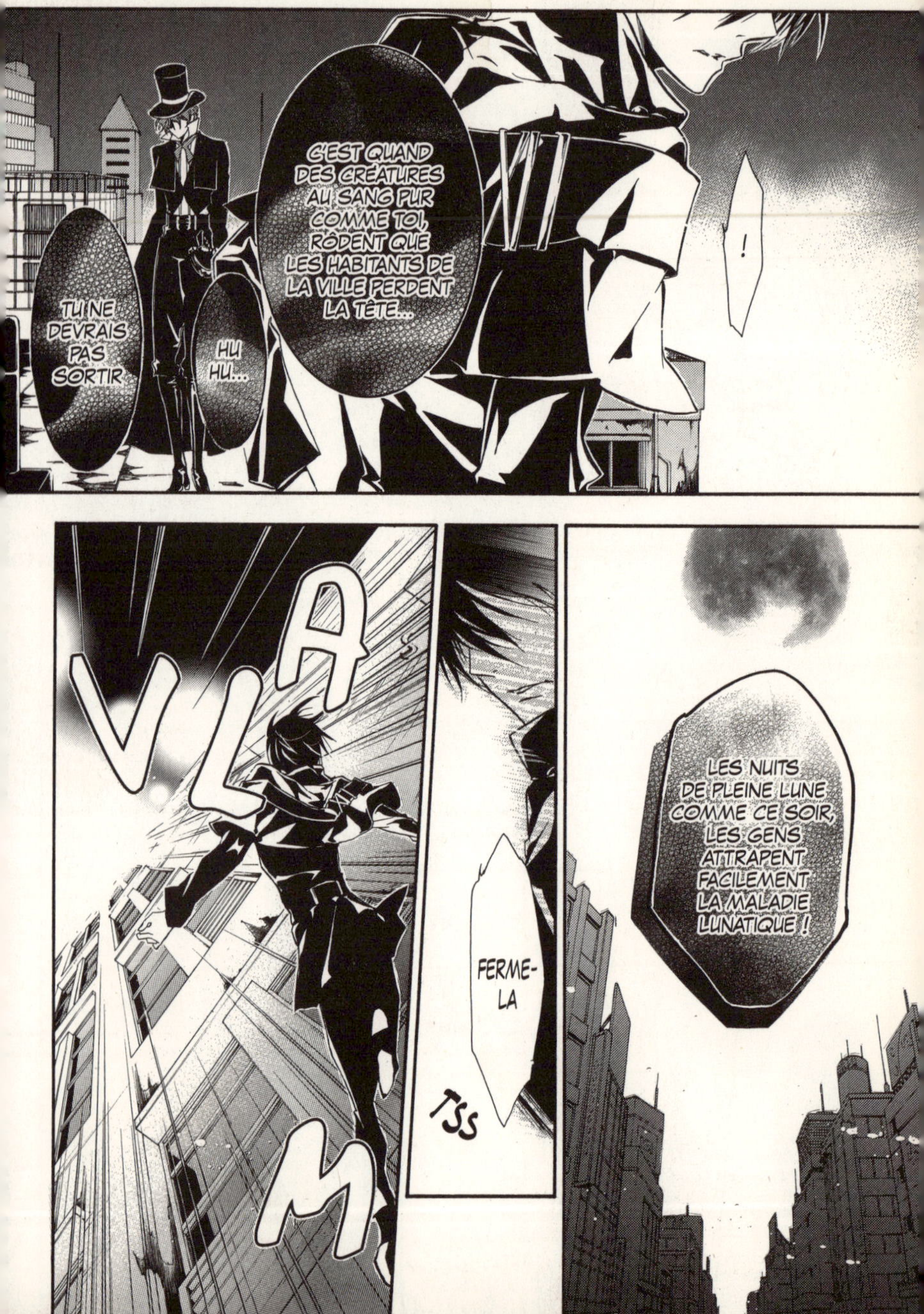
!
C'EST QUAND DES CRÉATURES AU SANG PUR COMME TOI, RÔDENT QUE LES HABITANTS DE LA VILLE PERDENT LA TÊTE...
HU HU...
TU NE DEVRAIS PAS SORTIR
LES NUITS DE PLEINE LUNE COMME CE SOIR, LES GENS ATTRAPENT FACILEMENT LA MALADIE LUNATIQUE !
FERME-LA
TSS
VLAM

TIENS, TIENS
HAA
HAA
HAA
TAP
TAP
IL ME RATTRAPE
TAP
TAP
MES JAMBES NE...

ZAAP
ON M'A SAUVÉE ?
MERCI BEAUCO...
HEIN...
« ÉRIYA » ?
ZAM

MAIS COMMENT... ?
AH... !
ATTENDS !!
COMMENT EST-CE POSSIBLE ?
JE T'EN PRIE, ATTENDS... !!
IL AURAIT DONC SURVECU ?
À UN FEU PAREIL ?!
NE T'EN VA PAS... !
CE...

TCHAC
AÏE
IL ME POURSUIT... ENCORE ET TOUJOURS...
IL EST SI GRAND DÉSORMAIS
BIEN SÛR, SON APPARENCE A ÉGALEMENT CHANGÉ
IL CONTINUE QUAND MÊME À ME POURSUIVRE ALORS QU'IL NE DEVRAIT PAS POUVOIR ME RECONNAÎTRE,
CE N'EST PAS LA PREMIÈRE FOIS QUE JE CROIS LE VOIR
MAIS IL NE PARVIENT JAMAIS À ME RATTRAPER
CE PETIT TRUC QUI ME MANQUE

MAMAN ...
REGARDE LE MONSIEUR TOUT NOIR, LÀ-BAS...
SAAP ...
IL A DES AILES DANS LE DOS...
NE DIS PAS DE BÊTISES ET AVANCE VITE
MAIS... C'EST POURTANT VRAI...
VOUUM
AH !
SHLAK

CROUUUM
ISUZU
ATTENTION... !!
MOI, JE N'ARRIVE JAMAIS À LE REJOINDRE
DAM
MAIS J'ESSAIE DE TENDRE LA MAIN...

AUTANT DE FOIS QUE POSSIBLE...

POUR TENTER...
D'ATTRAPER CELUI QUI PROVOQUE CE VIDE PASSIONNEL EN MOI
CRII
KANAAAA
...

BLA
BLA
OUIN
OUF... IL EST SAIN ET SAUF...
BLA
BI... ZARRE...
JE N'ARRIVE PLUS... À BOUGER
QUE QUELQU'UN APPELLE UNE AMBU-LANCE !
ELLE EST FOUTUE ...
BLA
BLA
AH...
TAP
PFIOUU
SI JE...

SI JE N'ÉTAIS PAS VENU TE VOIR, TOUT CECI NE SERAIT JAMAIS...
J'EN ÉTAIS SÛRE...
C'EST TOI, « AKI »...
N'EST-CE PAS ?

MAIS AU MOINS TU M'AS ENFIN RATTRAPÉE
DÉSO-LÉE...
DE M'ÊTRE TROMPÉE...
ZAAM
ÉCOUTE
SYOUP
ÉCOUTE-MOI BIEN, KANA...

JE VAIS MAINTENANT ...
DEVOIR TE SOUILLER
ME... SOUILLER ?

JE SERAI...
TON VAMPIRE PERSONNEL

AH...
ET S'ENFONCE...
IL ME MORD...
PROFONDÉMENT

AH...
IL COMBLE ENFIN LE VIDE QUI EXISTAIT EN MOI
JE COMPRENDS MIEUX... EN ME SOUILLANT...
CLING

À CE MOMENT-LÀ, NOTRE UNION ÉTAIT PROBABLEMENT LA PLUS PARFAITE AU MONDE
Aki Kirito
Kana Takachiho

Moonphase 2
KANA... JE VEUX QUE TU DEVIENNES MIENNE...
DES TÉNÈBRES BLEUÂTRES
DES DOIGTS SI BLANCS
ÉRIYA... ?

MINCE...
BLAM
SI SEULEMENT J'AVAIS PU ATTRAPER SA MAIN À CE MOMENT-LÀ...
(SI SEULEMENT JE NE M'ÉTAIS PAS SOUVENU DE L'AUTRE PRÉNOM)
KANA...

Moonphase 2

Pleine lune - Métamorphose

TU AS RÉUSSI À NE PAS TOUT PERDRE
AKI
SHLING
CETTE CROIX...
ENFIN RÉVEILLÉE ?
AKI... !

SBAM
HEIN... !
ARRÊTE... JE SUIS TROP LOURDE !
POSE-MOI VITE !
AH BON ?
TAP
POURTANT...
ON A BIEN GRANDI, TOUS LES DEUX...
...
C'EST BIEN AKI...
JE NE RÊVE PAS
APRÈS SEPT ANS
RIEN D'ÉTRANGE À CELA...
MAIS...

AU FAIT...
JE VIENS D'AVOIR UN GRAVE ACCIDENT...
J'AI ÉTÉ RENVERSÉE PAR UN CAMION EN VOULANT SAUVER UN ENFANT
MORTE...
C'EST CE QUE JE CROYAIS EN TOUT CAS
MAIS À CE MOMENT PRÉCIS, AKI M'A PRISE DANS SES BRAS
TOP

UN VAMPIRE...
C'EST BIEN CE QUE TU M'AS DIT ?
NIARK
ÇA TE FAIT PEUR ?
AKI... ?

EH OUI...
JE SUIS BIEN UN VAMPIRE...
UNE VOIX FROIDE... ET SOMBRE
ET EN DÉVERSANT DANS TES VEINES LE SANG RÉPUGNANT QUI ME COMPOSE...
JE T'AI SOUILLÉE

ENTIÈREMENT
DES PUPILLES ROUGES COMME LE SANG
CAPABLES DE TE PERCER LE CŒUR
GYOUP
TU N'ES DÉSORMAIS PLUS « VIVANTE »...
ET POURTANT ...
SES DOIGTS SEMBLENT IMPLORER DE L'AIDE
TU VEUX DIRE QUE... JE SUIS MOI-MÊME DEVENUE UNE VAMPIRE ?
NON

TU ES DÉSORMAIS MON « ESCLAVE »
UN MONSTRE IMMORTEL ET DOTÉ DE LA JEUNESSE ÉTERNELLE
MONSTRE IMMORTEL

TU DEVRAS
M'OFFRIR TON CORPS POUR L'ÉTERNITÉ
TU NE REPRÉSENTES PLUS QU'UNE SIMPLE PITANCE POUR MOI
TON SANG....

JE SENS L'ODEUR DU SANG PUR...
SHLAK
KYA-AH... !!
VLAF
ENCORE L'HOMME À LA CAPUCHE ?!
FILEZ-MOI ...
DU SANG ...
IL SEMBLE ENCORE PLUS MENAÇANT QUE TOUT À L'HEURE

SHLAK
TU COMMENCES À ME POMPER L'AIR, SALE LUNATIQUE !
DU SANG... ?
LUI AUSSI, C'EST UN VAMPIRE ?
JE NE COMPTE PAS LES LAISSER PROLIFÉRER
KOF KOF
BREF...
MAINTENANT QUE TU ES MON « ESCLAVE », ATTENDS-TOI À VOIR QUOTIDIENNEMENT DU SANG
VLOIP
KANA

KA... NA... !!
VLAF
TU... VAS...
MOI ?!
HEIN ?!

ZAAP
BOUUUM
HUMPF
...
MAIS D'OÙ LUI VIENT CETTE FORCE IMMENSE... ÇA NE SERAIT QUAND MÊME PAS...
AKI... ?!
...
ÇA VA... JUSTE UN LÉGER VERTIGE...
...

TU ME GÊNES. ÉLOIGNE-TOI DE MOI...
FLAP
DES PAROLES SI FROIDES
POUR-QUOI... ?
ZOU
SI JE SUIS IMMORTELLE, POURQUOI AS-TU BESOIN DE ME PROTÉGER ?
KANA...
SON MONDE M'EST INCONNU
JE NE COMPRENDS PAS ENCORE BIEN CES HISTOIRES D'ESCLAVE
PEUT-ÊTRE QUE ÇA SIGNIFIE QUE L'ON EST AMIS ?
EN GROS, JE SUIS TON ALLIÉE, C'EST ÇA AKI ?
MAIS E CROIS EN LUI

SI JE NE PEUX PLUS MOURIR, JE N'AI AUCUNE RAISON D'AVOIR PEUR !
ALLEZ, VIENS TE BATTRE... !!
ÇA VA PAS... ?!
TU ES PEUT-ÊTRE IMMORTELLE, MAIS TU N'ES PAS INSENSIBLE À LA DOULEUR !
LE SEUL QUI A L'AIR DE SOUFFRIR POUR L'INSTANT...
C'EST TOI, AKI

C'EST TOI
QUI SEMBLES LE PLUS SOUFFRANT
ALORS QUE MOI, JE VAIS BIEN
EXACTEMENT COMME L'EXPRESSION DE MON VISAGE QUE J'AI OBSERVÉE...
DANS LE MIROIR DURANT SEPT ANS
LE « REGRET »...
JE N'AI PLUS ENVIE DE CONNAÎTRE CE SENTIMENT

YAA-AAH !
J'AI DÉCIDE D'ACCEPTER TOUT CE QUI M'ARRIVAIT
IL FAUT QUE JE SOIS PRÉPARÉE AU PIRE !
DE CROIRE ENTIÈREMENT EN AKI !
H CLAK
HEIN...

VAAAAM
JIN... SHIRANUI ?!
C'EST PAS VRAI...
J'AURAIS CONFONDU... ? J'AI PAS L'IMPRESSION...
ZAAP
TU LE CONNAIS ?
OUI...
IL RESSEMBLE À L'UN DE MES CAMARADES DE CLASSE...
VLOUF
TIENS...
KANA
BI... BIZARRE, CE N'EST QUE MAINTENANT QUE JE RESSENS LA PEUR...
VLAF
ET TOI AKI... ÇA VA ?
OUI...
J'ÉTAIS JUSTE PARALYSÉ DE SURPRISE PAR TON IRRESPON-SABILITÉ
QUOI... ?

MAIS BON
TU PEUX ADMETTRE QUAND MÊME QUE JE SUIS UNE ESCLAVE UTILE, NON ?
NE TE FAIS PAS DE FAUSSES IDÉES
TU N'ES QU'UN « REPAS » À MES YEUX
C'EST VRAI
ALORS VOYONS... AKI EST UN VAMPIRE
MOI, JE SUIS SA COMPLICE
IMMORTELLE DE SURCROÎT...
RABÂCHAGE
DIS DONC, T'ÉCOUTES UN PEU CE QUE DISENT LES AUTRES ?
SUR QUOI ? SUR L'IMMORTALITÉ ET LA JEUNESSE ÉTERNELLE ?
OUI, TU NE GRANDIRAS PLUS ET, SAUF CAS EXCEPTIONNEL, NE MOURRAS PLUS...
JE NE GRANDIRAI PLUS...
MATE...

EH OUI, C'EST AUSSI VALABLE POUR TA PETITE POITRINE
AARGH
OOH
VLOF
QUOI ?
...
OH SI POURTANT, J'AI CHANGE
T'AS VRAIMENT PAS CHANGE, AKI
NON, PAS TANT QUE ÇA...

AA-AAH
QUOI ENCORE ?
I... IL FAUT QUE JE PRÉVIENNE MON TRAVAIL QUE JE VAIS ÊTRE EN RETARD !
AH, ET PUIS JE NE PEUX PAS Y ALLER HABILLÉE COMME ÇA ! JE VIENS À PEINE DE COMMENCER ET JE LOUPE DÉJÀ UNE JOURNÉE DE BOULOT ?!
AAAH
DANS TA SITUATION, C'EST ÇA QUI T'INQUIÈTE ?
IL FAUT AU MOINS QUE JE LES PRÉVIENNE...
CLIP
A... ALLÔ
...
ELLE NON PLUS
N'A PAS CHANGÉ
ET DIRE QU'ELLE M'A SAUVÉ

VOILA, C'EST CHEZ MOI
AH BON ...
OUI...
...
...
AU FAIT...
EN CE MOMENT, MON PÈRE EST PARTI VIVRE EN RUSSIE POUR SON BOULOT, ET MA MÈRE L'A SUIVI
MON GRAND FRÈRE EST LOGE PAR L'ENTREPRISE QUI L'EMPLOIE, DONC IL NE RESTE PLUS QUE MON PETIT FRÈRE MASAYUKI À LA MAISON
...
SI L'ON SE QUITTE MAINTENANT ...
DONC, EUH...
J'AI LE MAUVAIS PRESSENTIMENT QUE JE NE POURRAI PLUS JAMAIS LE REVOIR
ÇA TE DIT D'ENTRER ?
...

IL FAUT QUE JE LAVE TON MANTEAU QUE TU AS SALI...
ET PUIS J'AI DES QUESTIONS À TE POSER...
DES QUESTIONS ?
AH !
TON NUMÉRO DE PORTABLE, PAR EXEMPLE...
JE N'AI PAS DE PORTABLE
HEIN ?
ALORS UNE ADRESSE... TU PEUX AU MOINS ME DIRE OÙ TU HABITES EN CE MOMENT, NON ?
JE NE VIS PAS DANS UN ENDROIT FIXE
QUOI ?
ZAAH
PARCE QUE T'ES UN VAMPIRE ?
C'EST ÇA ?
NON, AUCUN RAPPORT
CE QUE JE VEUX DIRE
C'EST QUE JE PEUX DORMIR N'IMPORTE OÙ... LE LIEU EST SANS IMPORTANCE

HEIN... À... À L'HÔTEL PAR EXEMPLE ?
C'EST ÇA...
OU DANS DES CYBER-CAFÉS ?
?
N'IMPORTE QUEL TOIT ME CONVIENT...
LES TOITS ? TU N'AS DONC VRAIMENT PAS DE MAISON ?!
GASP
...
UNE « MAISON » ...
MAIS ÇA VEUT DIRE QUE...
T'ES UN SDF ?
PFFF
...
ON PEUT DIRE ÇA COMME ÇA, OUI
LA CONVERSATION NE L'INTÉRESSE PLUS
PAUVRE AKI... ÇA A DÛ ÊTRE TERRIBLE POUR TOI...
SNIF...
HEIN ?
PSS
PSS
ON NE DOIT PLUS JAMAIS ÊTRE SÉPARÉS...
?
NE TE FAIS PAS DE SOUCI

JE DEVRAI RÉGULIÈREMENT VENIR SUCER LE SANG DE MON ESCLAVE
ON NE SERA PLUS JAMAIS SÉPARÉS TRÈS LONGTEMPS
ALORS...
TU N'AS QU'À VIVRE CHEZ MOI !!
QUOI ?

IL EST TROP TARD POUR TE PRÉSENTER À MON PETIT FRÈRE, JE LE FERAI DEMAIN
TAP
TOP
...
TAP
J'AI PLEIN DE CHAMBRES LIBRES
JE DEMANDERAI OFFICIELLEMENT À MA MÈRE L'AUTORISATION POUR TE LAISSER DORMIR À LA MAISON, QUAND ELLE REVIENDRA...
ICI, C'ÉTAIT LA CHAMBRE DE MON GRAND FRÈRE...
VIIIM
ELLE TE PLAÎT ?
PEU M'IMPORTE...

QUOI, ELLE NE TE PLAÎT PAS ?
HUM...
...
QUITTE À DORMIR QUELQUE PART, JE PRÉFÉRERAIS TA CHAMBRE, EN FAIT
QUOIIIII ?!
MAIS... MAIS...
IL FAUT QUE JE DÉPLACE TOUTES MES AFFAIRES ICI
SUEURS
T'INQUIÈTE, JE VAIS VITE FAIRE LE TRANSFERT DE CHAMBRE !
...
ELLE N'A RIEN COMPRIS ...
JE BLAGUAIS
CETTE CHAMBRE M'IRA TRÈS BIEN
OUF...
ZOU
ET DONC ?
C'ÉTAIENT QUOI, LES QUESTIONS QUE TU VOULAIS ME POSER ?
AH...
AU SUJET D'ÉRIYA ?

...
ÉRIYA... IL EST... ENCORE VIVANT ?
LE FRÈRE JUMEAU D'AKI...
KANA...
ACCEPTE DE DEVENIR MIENNE...
JE... J'AI ENTENDU DIRE QUE TOUT LE MONDE ÉTAIT MORT APRÈS LE GROS INCENDIE...
QUI A RAVAGÉ SATOYAMA
ZOU...

RASSURE-TOI...
ÉRIYA EST VIVANT...
VRAIMENT ?
...
OUI...
JE SUIS SI CONTENTE
TOUS DEUX SONT VIVANTS...
MAIS TU NE PEUX PAS ENCORE LE REVOIR

CERTAINES CIRCONSTANCES L'EN EMPÊCHENT...
POUR L'INSTANT...
DES « CIRCONSTANCES » ?
ET D'AIL-LEURS
QUELLES SONT LES RAISONS QUI T'ONT POUSSÉ À VENIR DANS CETTE VILLE ?
...

EH BIEN
J'AI CERTAINES CHOSES URGENTES À Y RÉGLER
...
CONQUÉRIR LE MONDE
TOP
TOP
BON, C'EST TOUT POUR AUJOURD'HUI
HEIN... MAIS JUSTEMENT, C'EST QUOI CES « CHOSES URGENTES » ?
ALLEZ, BONNE NUIT
VLAM
QUE ?!

J'AI DU MAL À Y CROIRE...
GYOUP
C'EST À SE DEMANDER SI AKI N'EST PAS EN TRAIN DE SE MOQUER DE MOI...
FLOCK
FLOCK
« VAMPIRE » ?
« ESCLAVE » ?
C'EST À N'Y RIEN COMPRENDRE
ET POURTANT, MON ACCIDENT N'ÉTAIT PAS UN RÊVE
JE N'AI AUCUNE BLESSURE
À L'EXCEPTION DE CELLE-CI
ET PUIS...
MÊME LES DOULEURS À MA JAMBE NE SEMBLENT PLUS QU'UN MAUVAIS SOUVENIR

JE NE SUIS QUAND MÊME PAS TOTALEMENT PLONGÉE DANS UN RÊVE ?
AKI EST DANS LA CHAMBRE D'À CÔTÉ
JE SUIS PEUT-ÊTRE ALLÉE UN PEU TROP LOIN...
TROP TARD DE TOUTE FAÇON...
POF
MAIS BON, VU QUE JE SUIS DEVENUE UN MONSTRE, POURQUOI JE ME GÊNERAIS ?
OUAIS
ET PUIS JE SUIS SÛRE QU'IL A UTILISÉ LE MOT « MONSTRE » EXPRÈS, POUR ME DÉGOÛTER
LUI-MÊME SE PROCLAME VAMPIRE
ALORS QU'IL PORTE UNE CROIX SUR LUI...
AKI...
EST-CE QUE JE PEUX TE FAIRE CONFIANCE ?

CLAP
CLAP
CLAP
CLAP
CLAP
ALORS, ON A LA GORGE SÈCHE ?
... AH...
HAA...
TU N'AVAIS QU'À PAS TE CRÉER DES ESCLAVES SANS PERMISSION
SALE POURRI-TURE... TU TE PERMETS DE VENIR JUSQU'ICI ...
TU N'IMAGINES PAS LES CONSÉQUENCES SI ÇA VENAIT À SE SAVOIR
FORCÉMENT, ÉTANT RESPONSABLE DE TA SURVEILLANCE, J'IRAI JUSQU'OÙ IL FAUDRA
ET CE, MÊME JUSQUE DANS TON LIT D'AMOUR !

PFF... NE TE MÉPRENDS PAS
J'AI JUSTE TROUVÉ PLUS PRATIQUE D'AVOIR MON ESCLAVE À PORTÉE DE MAIN...
ET PUIS KANA ET ÉRIYA SONT...
HUUM ...
OOH...
JUSQU'À MAINTENANT, J'AI TOUJOURS DÉTESTÉ TA RÉPUGNANTE BEAUTÉ
MAIS JE COM-PRENDS MIEUX...
POURQUOI TU AS UN VISAGE SI RESPLEN-DISSANT MAINTENANT
C'EST LE VISAGE D'UN VAMPIRE ASSOIFFÉ D'AMOUR ET DE SANG
DÉGAGE
HA HA HA HA HA

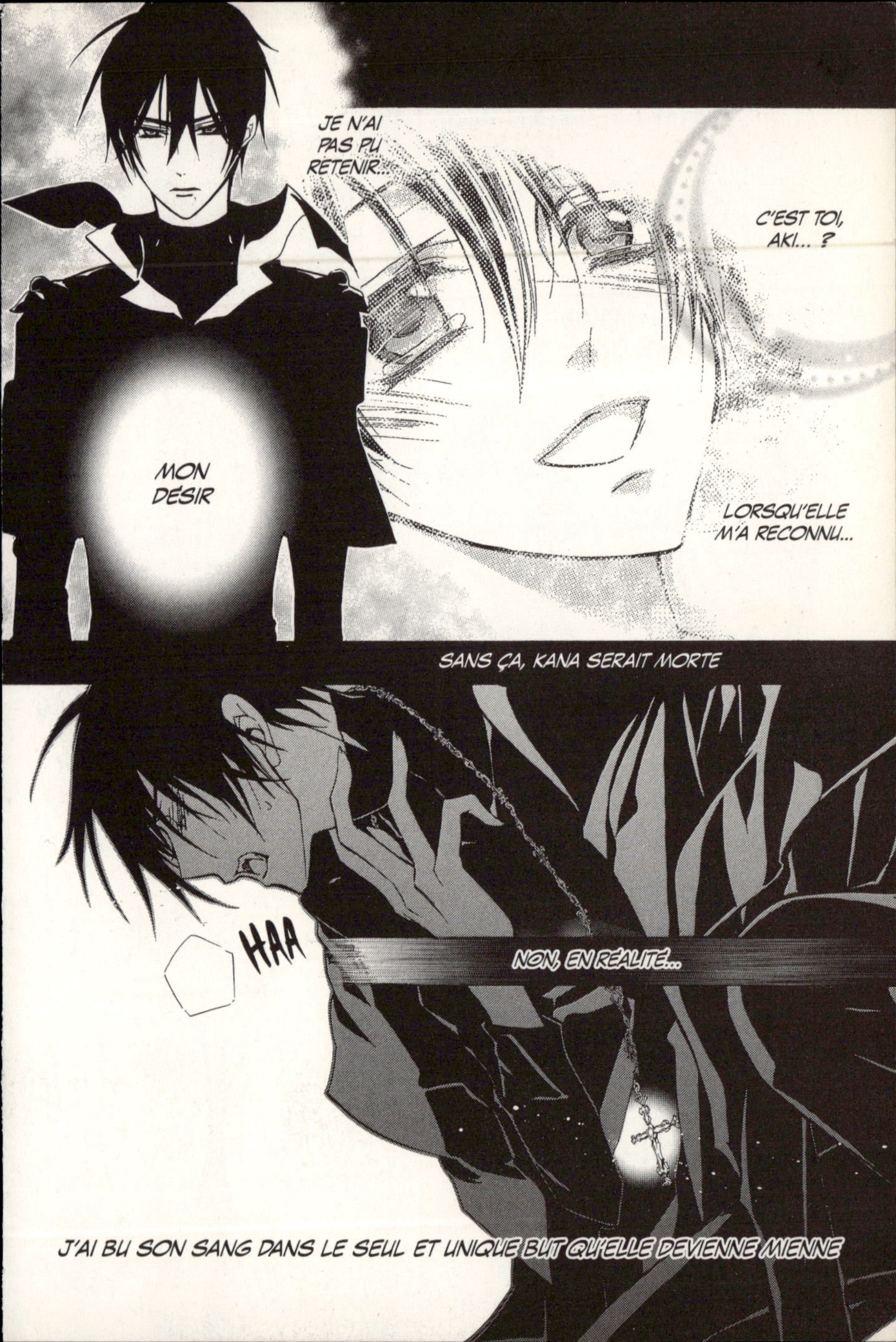
C'EST TOI, AKI... ?
LORSQU'ELLE M'A RECONNU...
JE N'AI PAS PU RETENIR...
MON DÉSIR
SANS ÇA, KANA SERAIT MORTE
HAA
NON, EN RÉALITÉ...
J'AI BU SON SANG DANS LE SEUL ET UNIQUE BUT QU'ELLE DEVIENNE MIENNE

JE SUIS DÉSESPÉRÉ...
KANA...
COMMENT ?

TU VEUX CETTE CROIX ?
JE NE PEUX PAS TE LA DONNER, C'EST UN OBJET QUI M'EST CHER
MA GRAND-MÈRE M'A DIT DE TOUJOURS LA PORTER
IL PARAÎT QU'ELLE REPRÉSENTE « LA MARQUE DE LA PURETÉ »
BON, ALORS FAISONS UN PARI
IL M'EST IMPOSSIBLE DE REVENIR EN ARRIÈRE

Moonphase 3
« TU ES MON "ESCLAVE" »
CELA SONNAIT COMME UN SACREMENT

Moonphase 3
Le sacrement du lycée

LE SENTIMENT QUE CE RÊVE SE PROLONGEAIT DE PLUS EN PLUS
VLAF
AA-AH !
J'EN ÉTAIS SÛRE, J'AI TROP DORMI !
J'AI ENCORE OUBLIÉ LE RÉVEIL ?!
BLAM
DOM
BAM
J'AI MÊME PAS LE TEMPS DE PRÉPARER MON CASSE-CROÛTE
DADAM
DADAM
ET JE MANGERAI MON PETIT DÉJ' EN MARCHANT...
IL VAUT PEUT-ÊTRE MIEUX NE PAS LE RÉVEILLER
QUE CE SOIENT DES RÊVES DE PRINCESSE OU DES CAUCHEMARS
DAM
AH !
TAP

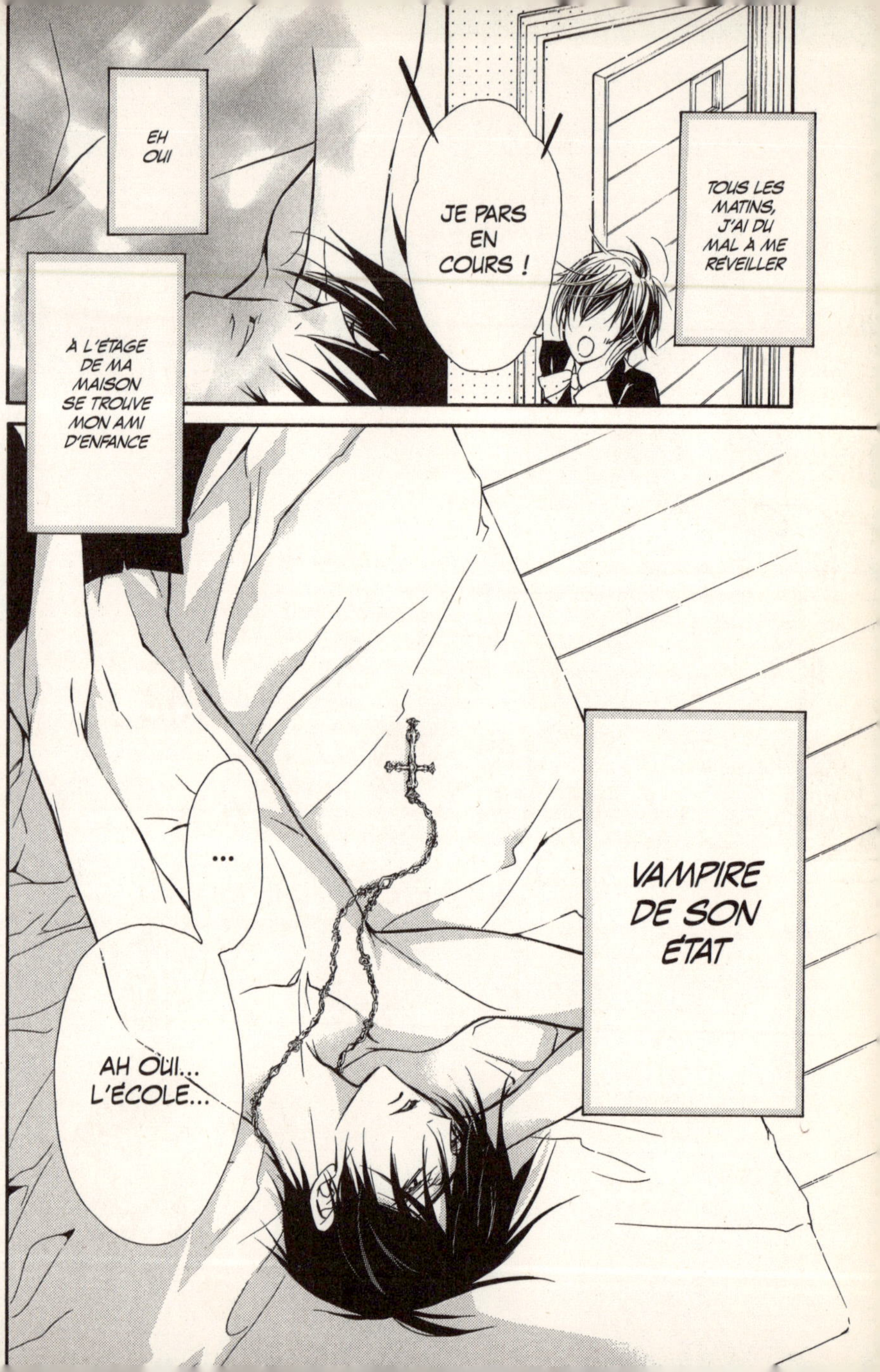
TOUS LES MATINS, J'AI DU MAL À ME RÉVEILLER
JE PARS EN COURS !
EH OUI
À L'ÉTAGE DE MA MAISON SE TROUVE MON AMI D'ENFANCE
VAMPIRE DE SON ÉTAT
...
AH OUI... L'ÉCOLE...

Lycée Sainte-Agathe - 8 h 10
SALUT RIE !!
...
SA... SALUT... BEN QU'EST-CE QUI T'ARRIVE, KANA ?
HAA
POURQUOI T'AS LE SOUFFLE COURT ?
HEIN ?
PARCE QUE J'AI COURU !
AH BON... POURTANT T'ES LOIN D'ÊTRE EN RETARD, CE MATIN
JE SAIS
MAIS BON, J'AI COURU QUAND MÊME
J'AI PU COURIR !

LA JAMBE QUI ME FAISAIT TANT SOUFFRIR SEMBLE POUVOIR VOLER
J'AI PU COURIR DE TOUTES MES FORCES !!
PARFOIS, J'AVAIS MÊME L'IMPRESSION D'ALLER TROP VITE...
MAIS ÇA FAIT QUAND MÊME SUPER PLAISIR...
TIENS, KANA
C'EST RARE QUE TU METTES TON UNIFORME ?
TU DISAIS QUE TU NE L'AIMAIS PAS PARCE QU'IL T'EMPÊCHE DE BOUGER À TA GUISE
BOM BOM
AH...
SERAIT-CE ÇA AUSSI... ?

BLA...
J'AVAIS ENVIE DE CHANGER UN PEU
SURTOUT À CAUSE DU SECRET QUE JE CACHE DERRIÈRE
CE COL EST PLUTÔT PRATIQUE POUR TOUT DISSIMULER
DAM
BLA...
KYA-AH ! ♡
SA-LUT !!
IL ARRIVE PAR ICI !
BLA...
AH !
HUM ?
QU'EST-CE QU'IL Y A COMME BOUCAN DEPUIS LE COULOIR...
CLAIR
KYAAAH
C'EST PAS VRAI, IL M'A REGARDÉE DANS LES YEUX ! JE VAIS TOMBER DANS LES POMMES, JE CROIS !
IL EST TROP BEAU
KYAAAH
ZAAP
ON A UNE STAR DE LA TÉLÉ AU LYCÉE ?
NON
IL NE ME SEMBLE PAS
VLAM

SALUT

KANA
AKI... ?!

AKI... EN UNIFORME ?!
DADAM
M... MAIS...
POURQUOI T'ES ICI... ?
DADADAM
DIS
HEIN...
IL ME SEMBLE QUE C'ÉTAIT MA PLACE
QUOI ?! MAIS C'EST CELLE DE MON VOISIN, TANAKA...
QUE...
AH, OUI C'EST VRAI... T'AS PEUT-ÊTRE RAISON
DAM
MAIS QU'EST-CE QUI SE PASSE ?
QU'EST-CE QU'IL Y A ?
T'AS PAS ENCORE L'AIR COMPLÈTEMENT RÉVEILLÉE
C'EST-À-DIRE QUE...
DOM
AKI !

C'EST FOU L'AURA QUE TU DÉGAGES DÈS LE MATIN
ÇA NE SERT À RIEN DE ME FLATTER, VOUS N'OBTIENDREZ RIEN DE MOI
ALLEZ, NE DIS PAS ÇA. IL FAUT QUE TU M'AIDES POUR UNE TRADUCTION D'ANGLAIS
ILS SE COMPORTENT TOUS NORMALEMENT AVEC LUI...
D'ACCORD
AAH...
TOUT CE BOUCAN, C'ÉTAIT POUR AKI KIRITO...
J'AI CRU UN MOMENT QU'IL Y AVAIT UNE STAR...
MÊME RIE S'Y MET !
MAIS BON, UN MEC AUSSI CANON, MÊME PARMI LES STARS, IL Y EN A PEU
AVOIR AUTANT DE CRÉDIT AUPRÈS DES GARÇONS, C'EST LA PREUVE QU'IL S'AGIT LÀ D'UN BEAU GOSSE BIEN AU-DESSUS DU LOT
...
AKI !
SYOUP
DA DAM
VIENS AVEC MOI !

PSS
TU VEUX M'EXPLIQUER CE QU'IL SE PASSE ?!
COMMENT SE FAIT-IL QU'ILS SE COMPORTENT TOUS AVEC TOI COMME AVEC UN ANCIEN CAMARADE DE CLASSE... ?
...
TU NE CONNAIS PAS LES POUVOIRS DES VAMPIRES ?
C'EST DE L'« HYPNOSE »
JE SUIS CAPABLE DE M'INSINUER DANS L'ESPRIT DE CHAQUE PERSONNE POUR ALTÉRER SA MÉMOIRE ET SA CONSCIENCE

SAUF QU'À LA DIFFÉRENCE DE L'HYPNOSE HABITUELLE, JE SUIS CAPABLE DE M'OCCUPER NON PAS D'UNE PERSONNE À LA FOIS MAIS DE TOUTE UNE ZONE
ALORS QUE JE N'ÉTAIS PAS CENSÉ ÊTRE PRÉSENT JUSQU'À HIER, CHAQUE PERSONNE QUE JE CROISE ESSAIE DE REMPLIR LE VIDE QUI EXISTAIT DANS SA MÉMOIRE
AINSI, CHACUN D'EUX S'EST FABRIQUÉ UNE IMAGE DIFFÉRENTE DE MOI DANS LEUR ESPRIT
HIN
COMPRIS ?
LES TÉNÈBRES GAGNENT PETIT À PETIT DU TERRAIN
LES DÉMONS PÉNÈTRENT AINSI NOTRE MONDE, SANS QUE L'ON S'EN RENDE COMPTE
...
MAIS ÇA VEUT DIRE QUE...

ET... ET CET UNIFORME ?!
DING
JE SUIS JUSTE ALLÉ EN DEMANDER UN AU PROFESSEUR ET IL ME L'A DONNÉ AVEC QUELQUES ACCESSOIRES
TU T'EN DONNES À CŒUR JOIE DIS DONC, AKI !!
HUM, MAIS À VRAI DIRE...
C'EST LA PREMIÈRE FOIS QUE JE VIENS À L'ÉCOLE ; JE TROUVE ÇA SACRÉMENT BRUYANT...
KYAAH
MAIS BON, DÈS QUE J'EN AURAI ÉTALÉ UNE BONNE DIZAINE, CELA DEVRAIT ÊTRE PLUS CALME...
MAIS... A... ARRÊTE, T'AS PAS LE DROIT DE...
KIRITO !!
ZAAM

?
TU AS INTÉRÊT À METTRE LES CHOSES AU CLAIR DÈS MAINTENANT !
POURQUOI...
TRAITES-TU KANA TAKACHIHO DE FAÇON AUSSI PRIVILÉGIÉE ?
VOUS ÊTES TOUJOURS ENSEMBLE, EN PLUS !!
HEIN...
MINCE, ON COMMENCE À CROIRE DES CHOSES BIZARRES SUR NOUS !!
...
BOBOM
EUH...
BEN...
ESSAYEZ DE DEVINER POURQUOI, TIENS...
PFF...
ÇA SENT MAUVAIS...

JE SUIS SON MEC
C'EST MON COUSIN... EUH, AMI D'ENFANCE
HEM...
AH...
BON, POUR L'AMI D'ENFANCE AU MOINS, C'EST VRAI...
QUOI ? JUSTE UN COUSIN ?
UNE SORTE DE GRAND FRÈRE, EN FAIT
ZOM
MAIS...
PSS
JE SUPPOSE QUE C'EST L'IMAGE IDÉALE DE NOTRE RELATION QU'ELLES SE REPRÉSENTENT AU FOND D'ELLES-MÊMES

AU FAIT, T'AS PAS ESSAYÉ DE DIRE QUELQUE CHOSE DE BIZARRE, TOI ?
« SON MEC »
OUI, C'EST ÇA
RAAH LÀ LÀ
TU AURAIS PRÉFÉRÉ QUE JE LEUR DISE « REPAS » OU « ESCLAVE » ?
AKI...
AU FAIT, CELUI D'HIER... IL EST OÙ ?
C'EST POUR LUI QUE JE SUIS VENU AUJOURD'HUI
HEIN...
COMMENT ÇA, « CELUI D'HIER » ?
IL EST DANS TA CLASSE, NON ? CELUI QUI T'A AGRESSÉE, HIER...
ET QUI S'APPELLE « JIN SHIRANUI »

JE L'AI JUSTE ENTRAPERÇU QUAND SA CAPUCHE S'EST SOULEVÉE
AH...
IL N'A PAS L'AIR D'ÊTRE ENCORE ARRIVÉ
MAIS JE ME DEMANDE ...
SI C'ÉTAIT BIEN JIN SHIRANUI, HIER...
JE N'AI SURTOUT PAS ENVIE D'Y CROIRE
...
Pause de midi - 12 h 40
C'EST VRAI QUE ÇA M'INQUIÈTE UN PEU...
ET QUE J'AIMERAIS BIEN ÉCLAIRCIR TOUT ÇA...
SHIRA-NUI ?
TIENS, C'EST VRAI QU'ON NE L'A PAS VU, AUJOURD'HUI
MAIS BON, SES ABSENCES SONT ASSEZ FRÉQUENTES. IL EST COMME ÇA

IL EST ASSIS À CÔTÉ DE MOI, MAIS ÇA NE VEUT PAS DIRE QUE JE M'ENTENDS BIEN AVEC LUI
FAUT DIRE QU'IL EST UN PEU BIZARRE, COMME MEC
DANS NOTRE SITUATION, VOYOU, ÇA NE SE FAIT PLUS TROP...
PAR CONTRE, IL ME SEMBLE QU'IL FAISAIT PARTIE DU CLUB DE FOOT
N'HÉSITE PAS À LEUR POSER LA QUESTION
O.K., MERCI !
Après les cours - 15 h 15
SHIRANUI ? IL A QUITTÉ NOTRE CLUB AU BOUT DE SIX MOIS
HEIN... ?
À LA BASE, CE MEC N'A QUE SA PUISSANCE COMME ATOUT. POUR LE RESTE, C'ÉTAIT UN PARFAIT DÉBUTANT LOIN D'ÊTRE AU NIVEAU DES AUTRES
TRÈS VITE IL PÉTAIT UN CÂBLE ET METTAIT LE FOUTOIR DANS L'ÉQUIPE... C'ÉTAIT JUSTE PAS POSSIBLE
ET PUIS ...
QUAND J'AI VU QU'IL AVAIT CE TATOUAGE ÉTRANGE SUR LE CORPS, JE L'AI TOUT DE SUITE VIRÉ DU CLUB

JE VOIS
MERCI POUR TOUT
TIENS... MAIS TU ES...
KANA TAKACHIHO, ANCIENNE MEMBRE DU CLUB D'ATHLÉTISME, C'EST ÇA ?
SPÉCIA-LISTE DU SAUT EN LON-GUEUR...
OUI...
C'EST MOI
C'EST BIEN TOI...
QUI T'ES BLESSÉE LORS DE L'INCIDENT PROVOQUÉ PAR SHIRANUI...
JE NE SAVAIS PAS QUE TU ÉTAIS ENCORE DANS NOTRE ÉCOLE
OUI...
AH...
BON

Dans le jardin arrière - 15 h 30
AVEC TOUTES CES RECHERCHES CE MIDI, JE N'AI PAS EU LE TEMPS DE MANGER
IL FAUT ABSOLUMENT REPRENDRE DES FORCES !
TOI AUSSI, MANGE, AKI
ENSUITE, NOUS NOUS RENDRONS À LA MAISON DE JIN SHIRANUI
TU AS L'AIR...
PARTI-CULIÈREMENT PRÉOCCUPÉE PAR CE GARÇON
COMMENT ÇA ? C'EST TOI-MÊME QUI M'AS DEMANDÉ QU'ON LE CHERCHE
FORCÉ-MENT QUE JE M'EN PRÉOC-CUPE
KANA
C'EST QUOI CETTE HISTOIRE D'« INCIDENT » ?

RIEN DE PARTICULIER ...
LE TERME « INCIDENT » ME PARAÎT UN PEU EXAGÉRÉ...
J'AI RÉUSSI À ENTRER DANS CETTE ÉCOLE GRÂCE À LA RECOMMANDATION DE LA SECTION SPORT QUI ME VOULAIT POUR LE SAUT EN LONGUEUR
DEVENUE MEMBRE DU CLUB D'ATHLÉTISME, LES SÉLECTIONS DES ATHLÈTES POUR LE TOURNOI INTERLYCÉE SONT VITE ARRIVÉES
DAM
ET ALORS QUE JE M'ÉLANÇAIS POUR MON SAUT, UNE EXPLOSION A EU LIEU AU MOMENT OÙ JE PASSAIS, DANS UNE PETITE RÉSERVE PRÉSENTE EN BORD DE PISTE

SURPRISE,
JE SUIS TOMBÉE ET ME SUIS BLESSÉE
JE SUIS TROP MALADROITE
ET PAS DE CHANCE POUR MOI, MA DÉCHIRURE DU LIGAMENT ÉTAIT TELLEMENT GRAVE QUE J'AI DÛ ME RÉSIGNER À ABANDONNER DÉFINITIVEMENT LE SAUT EN LONGUEUR
ET IL S'EST AVÉRÉ PAR LA SUITE...
QUE CETTE EXPLOSION ÉTAIT DUE À UNE CIGARETTE MAL ÉTEINTE DE JIN SHIRANUI
À L'ÉCOLE, LES AUTRES ÉLÈVES LUI EN ONT FAIT VOIR DE TOUTES LES COULEURS
MAIS IL EST VENU...
À DE NOMBREUSES REPRISES S'EXCUSER AUPRÈS DE MOI
ET ME DIRE QU'IL VOULAIT ME PROTÉGER

TU NE VAS PAS ME DIRE QUE TU AIMES CE GARÇON, QUAND MÊME ?
MAIS...
POURQUOI LA CONVERSATION PART-ELLE TOUT DE SUITE DANS CETTE DIRECTION ?
RAAH LÀ LA
BIEN SÛR QUE NON !
TANT MIEUX...
PAR CONTRE ...
JE PENSE QUE C'EST UN MEC SYMPA
ET C'EST POUR ÇA QUE JE DOUTE QUE CE SOIT LUI QUI ATTAQUE LES GENS...

UN MEC... SYMPA
SACHE QUE LES HUMAINS SONT TRÈS HABILES POUR CAMOUFLER LEUR VÉRITABLE NATURE
ET QU'ON N'EST JAMAIS SÛR DE SAVOIR CE QUI SE CACHE SOUS LEUR MASQUE
PFF
AKI... ?
TOI-MÊME
TU AS DÉJÀ RENCONTRÉ DES GENS DANS CE LYCÉE QUI CACHAIENT LEURS VÉRITABLES INTENTIONS AU FOND D'EUX-MÊMES
TU...
TU N'AS PAS BESOIN D'ÊTRE AUSSI DUR
CHACUN A SES RAISONS...

?!
SPLOTCH... SPLOTCH...
MAIS...
DÉSOLÉE, MA MAIN A GLISSÉ...
HU HU
MAIS BON, C'EST PAS PLUS MAL
ÇA CALMERA TES ARDEURS

TU AFFIRMAIS AVOIR ARRÊTÉ L'ATHLÉTISME À CAUSE D'UNE PRÉTENDUE BLESSURE À LA JAMBE
MAIS IL ME SEMBLE T'AVOIR VUE COURIR À UNE VITESSE PAS POSSIBLE CE MATIN SUR LE CHEMIN DE L'ÉCOLE
TU N'ES QU'UNE MENTEUSE !
CE MATIN...
HA HA
IL SEMBLE EN PLUS QUE TU T'ACCROCHES AUX BASQUES DE KIRITO, CES TEMPS-CI
MAIS T'INQUIÈTE, UN GARÇON MANQUÉ COMME TOI N'A AUCUNE CHANCE AVEC LUI !
PAUVRE TACHE !
MINCE ...
RE... REGARDE
KIRITO... ÉTAIT LÀ...
ZAAP
MERCI

J'ADORE LES FILLES MOUILLÉES...

QUE...
...
...
VLAF

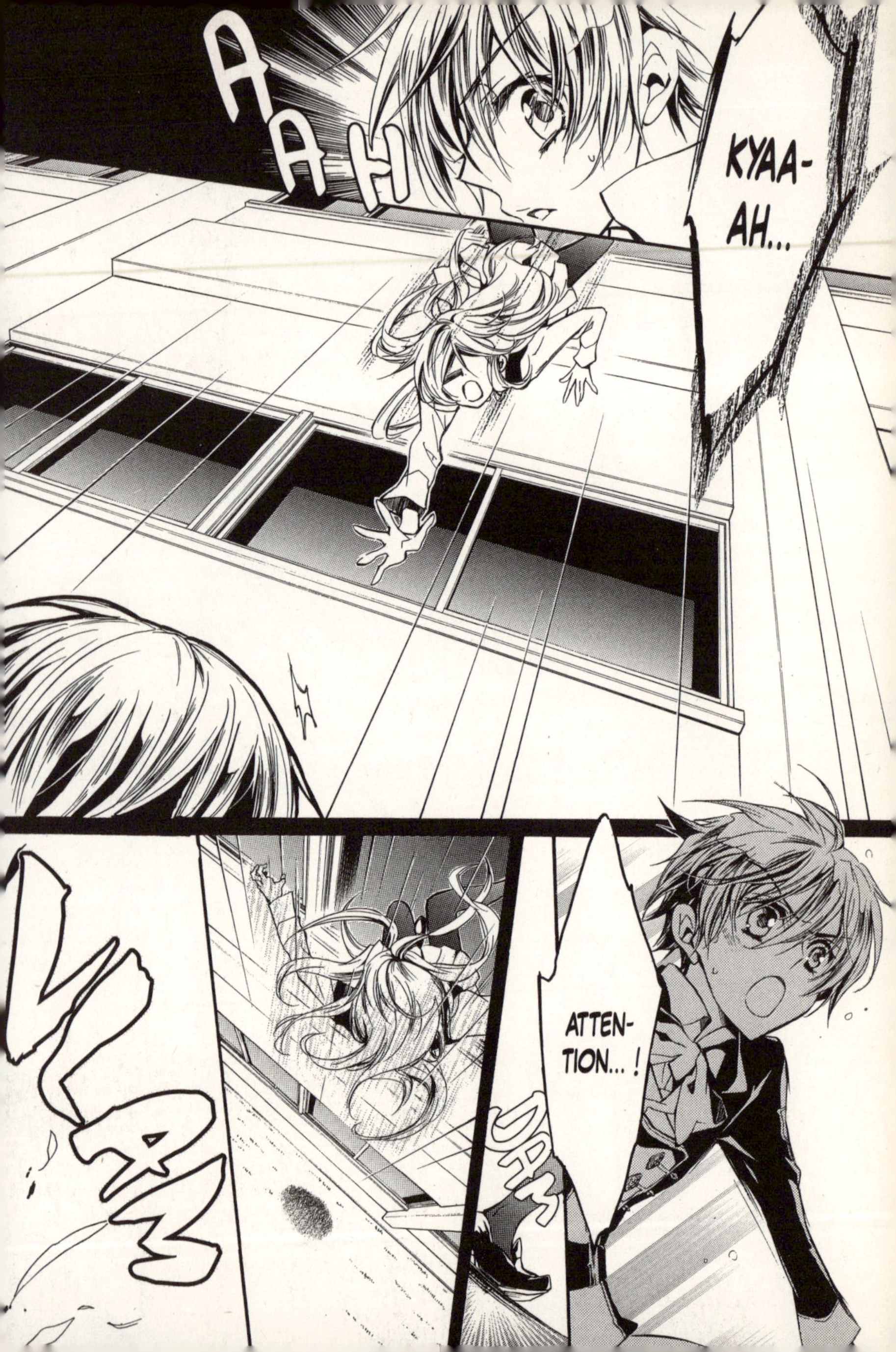
KYAA-
AH...
AAH
ATTEN-
TION... !
DAM

TOUT VA BIEN ?
ZAM
EUH...
C'EST TOI, SURTOUT ? TU NE T'ES PAS BLESSEE EN FAISANT UNE CHOSE PAREILLE ?
QU'EST-CE QUE JE SUIS DEVENUE SOLIDE...
EH BEN, ÇA A L'AIR D'ALLER...
HA HA
AH

PARDON... PARDON..
EXCUSE-MOI...
DAM
?!
AKI...
KIRITO...
QU'EST-CE QUE... TU LUI AS FAIT ?
RIEN DE SPÉCIAL
ZOU...

JE PENSE QUE C'EST SON DÉPIT QUI LUI A DONNÉ « ENVIE » DE SAUTER
ZAAH...
À CE MOMENT-LÀ, J'AI EU L'IMPRESSION QUE LA LUMIÈRE DU SOLEIL S'ÉTAIT TOUT À COUP ASSOMBRIE...
ET QUE L'HEURE DU CRÉPUSCULE ÉTAIT ENFIN VENUE
L'HEURE DU CRÉPUS-CULE
DU CRÉPUSCULE...
SUIS-MOI, KANA
QUI EST-IL ?

À CHAQUE FOIS QUE CETTE HEURE ARRIVE, JE NE LE RECONNAIS PLUS
Sur le toit du lycée - 17 h 03
EXCUSE-MOI, JE DOIS ENCORE T'EMPRUNTER TON MANTEAU...
TAP
C'EST VRAI QUE J'AURAIS PU METTRE MES VÊTEMENTS DE SPORT, JUSQU'À CE QUE MON UNIFORME SÈCHE
C'EST TROP GRAND
MAIS T'AS PAS ENVIE DE MARCHER EN VILLE EN SURVÊTEMENT, C'EST ÇA ?
PARDON... ?
POURQUOI EN VILLE ?
POUR PARTIR À LA RECHERCHE DE JIN SHIRANUI

DANS LE VENT...
ON PEUT SENTIR L'ODEUR DU SANG
C'EST PROBA-BLEMENT ...
LA PREUVE QUE JIN N'ARRIVE PLUS À CONTRÔLER SA FORCE...
ET EST EN TRAIN DE FAIRE UN MASSACRE EN VILLE
COMMENT T'ARRIVES À SAVOIR ÇA ?
JE SUIS UN VAMPIRE
ET PUIS...

JIN SHIRANUI EST MA PROIE
TA PROIE... ?
LORS DE NOTRE PREMIÈRE RENCONTRE, JE L'AI TROUVÉ ANORMALEMENT FORT POUR UN LUNATIQUE

MAIS J'AI TOUT DE SUITE COMPRIS...
QUI IL ÉTAIT VRAIMENT QUAND L'AUTRE ÉLÈVE A PARLÉ DE SON « TATOUAGE ÉTRANGE »
C'EST EXACTEMENT ÇA QUE JE RECHERCHE
LES « STIGMA »
SI
IL S'AGIT DE LA MARQUE DE CEUX QUI SONT POSSÉDÉS PAR LE « POUVOIR DU DÉMON »
?

REGARDE
J'EN POSSÈDE UN MOI-MÊME
!
UN TATOUAGE...
IL EXISTE SEPT STIGMA EN TOUT
C'EST LA MARQUE DES DÉMONS REPRÉSENTANT CHACUN L'UN DES SEPT PÉCHÉS CAPITAUX
Pride
Lucifer
Envy
Leviathan
Gluttony
Beelzebub
Sloth
Belphegor
Greed
Mammon
Lust
Asmodeus

JE SUIS ICI PRÉCISÉMENT POUR RASSEMBLER ...
CES SEPT STIGMA
JE LES RÉUNIRAI DANS MON CORPS...
POUR OBTENIR UNE FORCE QUI ME PERMETTRA DE RÉGNER SUR CE MONDE
ET AINSI...
JE POURRAI ENFIN RÉVEILLER MON FRÈRE, ÉRIYA, DE SON SOMMEIL

TAP
REVEILLER ÉRIYA... ?
VOILÀ POURQUOI KANA...
JE TE DEMANDE D'ÉVITER DE REFAIRE CE QUE TU AS FAIT TOUT À L'HEURE
GYOUP
QUOI DONC ?
TA MANIÈRE HUMAINE DE VOIR LES CHOSES
QUAND TU PARLES DE « MEC SYMPA » OU DE « TOUT LE MONDE A SES RAISONS »
JE TE L'AI POURTANT DIT : TU N'ES PLUS « HUMAINE »
TU ES L'« ESCLAVE » ...
DU VAMPIRE AU SANG PUR...
ET FUTUR MAÎTRE DES SEPT STIGMA

TU ES MIENNE...
ET SI TU ES SAGE...
JE TE RENDRAI TON ÉRIYA ADORÉ
A... KI... ?
J'AVAIS OUBLIÉ
ON DIT AUSSI QUE LE CRÉPUSCULE...
SHLACK

EST L'HEURE DES DÉMONS
BIEN
IL EST MAINTENANT TEMPS DE PARTIR EN CHASSE

Moonphase 4
Relation triangulaire
OH...
TOI AUSSI, JE T'APPRÉCIE BEAUCOUP
LE MESSIE NOIR

He's my only vampire

Aya Shouoto

SI LE VAMPIRE QU'EST AKI A DÉCIDÉ DE VENIR À L'ÉCOLE...
SHLACK
C'ÉTAIT POUR Y TROUVER UNE PROIE PORTANT UN « STIGMA »
ET CETTE PROIE EST JIN SHIRANUI
PO... POURQUOI DONC ...
JIN... ?

AAH...
LA LUNE EST SI JOLIE...
D'AILLEURS...
JE NE RESSENS PLUS DU TOUT...
L'ÉNERVEMENT ET LES VOIX...
QUI ME BLÂMAIENT
ZAAP
SI CETTE LUNE POUVAIT SE DRAPER D'UN VOILE ENCORE PLUS ROUGE...
PEUT-ÊTRE ACCEPTERAIT-ELLE DE ME PARDONNER
BOM

ZAM
AKI !
TU PENSES SAVOIR OÙ SE TROUVE JIN ?

GRÂCE AU SANG QUE J'AI ÉPARPILLÉ À TRAVERS LA VILLE...
SHIRANUI SERA AUTOMATIQUEMENT ATTIRÉ VERS UN ENDROIT QUE J'AI DÉTERMINÉ
LE SEUL PROBLÈME C'EST QUE CE SANG AURA PROBABLEMENT TENDANCE À LUI FAIRE PERDRE LA TÊTE, JUSQU'À DEVENIR BESTIAL
COM-MENT... ?!
C'EST À CAUSE DE CE POUVOIR DU DÉMON QUE JIN PERD LA TÊTE, NON ?
EN QUOI RASSEMBLER LES SEPT STIGMA TE PERMETTRA DE SAUVER ÉRIYA ?
...
PFF
JE VOIS QUE MES POUVOIRS HYPNOTIQUES N'ONT PAS D'EFFET SUR LES « ESCLAVES »
...

C'EST PAS VRAI... C'ÉTAIT DONC ÇA TOUT À L'HEURE...
TU UTILISES CONSTAMMENT CETTE MÉTHODE POUR BERNER TOUT LE MONDE ?
CELA PROUVE PAR CONTRE QU'AKI NE CONNAÎT PAS ENCORE BIEN LES « ESCLAVES »
JE N'AI PAS L'INTENTION DE TE PARLER DAVANTAGE D'ERIYA
AKI...
CELA LUI ARRIVE SI SOUVENT D'AVOIR LE REGARD RIVÉ DANS LE VIDE, COMME ÇA
JE ME DEMANDE CE QU'UNE ESCLAVE COMME MOI PEUT BIEN REPRÉSENTER AUX YEUX DU VAMPIRE QU'IL EST
UN « SIMPLE REPAS » ?
SLOUP
...

MAIS QU'EST-CE Q... !
VOUS ALLEZ BIEN ?
DES VICTIMES DE JIN SHIRANUI ?
DAM
OUH ...
?!
HÉ VOUS, COMMENT CONNAISSEZ-VOUS M. JIN ?
M. JIN ?
VOUS ÊTES DES AMIS DE JIN SHIRANUI ?
DES AMIS... PAS VRAIMENT ...
EN FAIT, AUTREFOIS ...
PERSONNE NE RIVALISAIT EN BASTON AVEC M. JIN
ET ON LE RESPECTAIT TOUS POUR ÇA

ON A ENSUITE ENTENDU DIRE QU'IL ÉTAIT ENTRÉ DANS UN LYCÉE UN PEU HUPPÉ
ET ALORS QU'ON NE LE VOYAIT PLUS DU TOUT TRAÎNER LA NUIT...
RÉCEMMENT, ON A DE NOUVEAU ENTENDU PARLER DE SES ACTES DE VIOLENCE DANS LE COIN
MAIS...
À L'ÉPOQUE, IL Y AVAIT UNE CERTAINE FORME DE NOBLESSE DANS SES MÉTHODES
AUJOURD'HUI, IL SEMBLE AGIR TOTALEMENT AU HASARD
CE N'EST PLUS DU TOUT LE JIN QUE J'AI CONNU !
TOI, LÀ...
JE T'EN PRIE, FAIS QUELQUE CHOSE...
HEIN... ?!

TOUT ÇA C'EST LA FAUTE DE TON SANG !
AAH
FERME-LA, LUNATIQUE

VLAM
TOUS LES HOMMES À L'ESPRIT EMBRUMÉ PAR LES TÉNÈBRES PERDENT LA TÊTE...
LORSQU'ILS BAIGNENT DANS LA LUMIÈRE DE LA LUNE ET RENIFLENT L'ODEUR DE MON SANG PUR
CE SONT CES PERSONNES QUE L'ON APPELLE LES LUNATIQUES
JIN SHIRANUI A TOUJOURS ÉTÉ UN STIGMA
MAIS DU FAIT DE MON APPARITION, LES LUNATIQUES ONT EUX AUSSI ÉMERGÉ, CE QUI A PROBABLEMENT FAIT PERDRE LES PÉDALES DE SON STIGMA
...
ET SI...

ON LUI VOLE SON POUVOIR DU DÉMON...
QU'ARRIVERA-T-IL À JIN ?
UNE « PROIE »...
PEUT-ÊTRE BIEN QU'IL MOURRA... MAIS ÇA, C'EST LE CADET DE MES SOUCIS
VA SAVOIR...

POURQUOI... ?
C'EST ICI QUE JE L'AI ATTIRÉ
MAIS IL N'A PAS L'AIR D'ÊTRE ENCORE ARRIVÉ...
ZIEUTE
ZIEUTE
DANS UN ENDROIT PAREIL ?
SLAF
OUPS !!
FLAP
UN TROU...
AKI... CET ENDROIT M'A L'AIR BIZARRE... VOIRE DANGEREUX...
KANA
ZOU

TON SANG...

SYOUP
...
ICI... DANS UN MOMENT PAREIL... ?!
C'EST-À-DIRE QUE...
C'EST TOI-MÊME QUI PARLAIS TOUT À L'HEURE DE LA NÉCESSITÉ DE « REPRENDRE DES FORCES »
BOM
!
MAIS ÇA C'EST...
JE PLAISANTE
MAIS NE T'AGITE PAS...
C'EST PAS JUSTE

POURQUOI EST-CE JUSTE DANS CES MOMENTS-LÀ...
QU'IL NE SE CACHE PAS DERRIÈRE SES RAILLERIES OU SON TON MÉPRISANT ?
ÇA FAIT SI LONGTEMPS QUE JE TE VOULAIS...
KANA...
PLOP
...

OH... NON...
...
MON CORPS SE RÉCHAUFFE BRUSQUEMENT...
...
MAIS QUE M'ARRIVE-T-IL ?
ATTENDS... AKI...
JE ME SENS... BIZARRE...
RELÂCHE-MOI...
SLURP
JE COMMENCE À MIEUX COMPRENDRE CE QUE SIGNIFIE ÊTRE TON « ESCLAVE »

QUELLE IRONIE
DE S'EN RENDRE
COMPTE
DURANT
L'EXTASE...

AKI...
DU MOMENT OÙ IL ME DÉGUSTE

...
TU TREMBLES ENCORE...
JE N'AI PLUS DE FORCES
REPOSE-TOI ICI, PRINCESSE
POURQUOI EST-CE QUE JE M'EN RENDS COMPTE MAINTENANT ?
« SON REPAS »
MON VAMPIRE PERSONNEL
...
EX-CUSE-MOI
QUOI ?
SOUU...
BIEN

TU ESPIONNES TOUJOURS LES GENS COMME ÇA ?
JIN SHIRANUI !
'FOIRÉ...

JE NE TE PARDONNERAI JAMAIS D'AVOIR TOUCHÉ À CETTE FILLE...
JIN SHIRANUI ?!
OOH...
MOI QUI CROYAIS TROUVER UN STIGMA AYANT PERDU SON SELF-CONTROL, ÇA N'A PAS L'AIR D'ÊTRE VRAIMENT LE CAS
TU ES UN ÊTRE DE PLUS EN PLUS INCOMPRÉHEN-SIBLE, JIN...
MAIS BON
TAP

DADADADADADAAAM
C'EST DÉJÀ BIEN DE SAVOIR QUE JE N'AURAI PAS À RETENIR MES COUPS
HUMPF
ZOU...
C'EST TOUT CE QU'UN STIGMA SAIT FAIRE ?

ENFOIRÉ !!
DOM
OUA-ARGH
DA
DA
DAM
TU POURRAIS AU MOINS ME DONNER UN PEU PLUS DE FIL À RETORDRE

AKI EST CONSIDÉRABLEMENT PLUS FORT
C'EST DONC ÇA, LA VÉRITABLE FORCE D'UN VAMPIRE ?
SI ÇA CONTINUE, JIN VA...
CRAAC
HYAA-AH...
JE NE PEUX PAS PERDRE... SURTOUT PAS...
BLINS
BLINS
JE DOIS PROTÉGER CETTE FILLE !!
VLAAAA
HÉ HO...

TSS
TU VAS ARRÊTER DE FAIRE DE MOI LE MÉCHANT ?
BON, SI ÇA TE PLAÎT
TU N'AS QU'À MOURIR EN HÉROS

SHLACK
JE M'EN DOUTAIS, TU EN AS UN...
GRRR
DÉSOLÉ, MAIS JE VAIS FAIRE MIEN...
TON STIGMA DE L'AVARICE

TIENS...
TON VISAGE MONTRE QUE TU AS RETROUVÉ LA RAISON
KYA-AAH
KANA ?!
VLAM
TAP

LA SEULE CHOSE...
QUE JE SAIS FAIRE...
C'EST BLESSER LES GENS ...
ET TOUT DÉTRUIRE
J'AIME-RAIS AU MOINS ...
QUE CETTE FORCE PUISSE ÊTRE UTILE...
KYAAAAH
FLAP
FLAP
À QUELQU'UN

C'EST CE QUE JE SOUHAITE DEPUIS TOUJOURS
FLAAAAAP
QUE...

VLAAAAM
QU'EST-CE QUI S'EST PASSÉ ?
!
ZOM
VOUS ALLEZ BIEN, TOUS LES DEUX ?
COSTAUDS COMME VOUS ÊTES...
PF/OU
KANA...
TU NE VAS PAS ME DIRE QUE...
JE N'AVAIS PAS LE CHOIX ! C'ÉTAIT LE SEUL MOYEN DE VOUS ARRÊTER !
ÉCOUTE-MOI !

IL FAUT QUE TU SAUVES JIN !
KANA...
JE SAIS, C'EST CETTE FAÇON HUMAINE DE VOIR LES CHOSES QUE TU M'AVAIS INTERDITE !
ET J'AI BIEN COMPRIS CE QUI ARRIVE À ÉRIYA... MAIS...
QUAND MÊME
JE DOIS SURMONTER MA PEUR
IL FAUT QUE TU SAUVES MON AMI, AKI !
ET LUI MONTRER QUE JE NE SUIS PAS SA PETITE « PRINCESSE »
SINON ...

QU'IMPORTE QUE JE NE SOIS QUE SON DÎNER !
TU PEUX DIRE ADIEU À TON REPAS !!

...
HA HA HA HA HA HA HA HA
DECIDE-MENT...
TU N'AS AUCUN CHARME...
IL A RIGOLE !
PEUH...
JE LE SAIS BIEN, ET ALORS ?!
TSS
DANS CE CAS
ZOU
GLOU

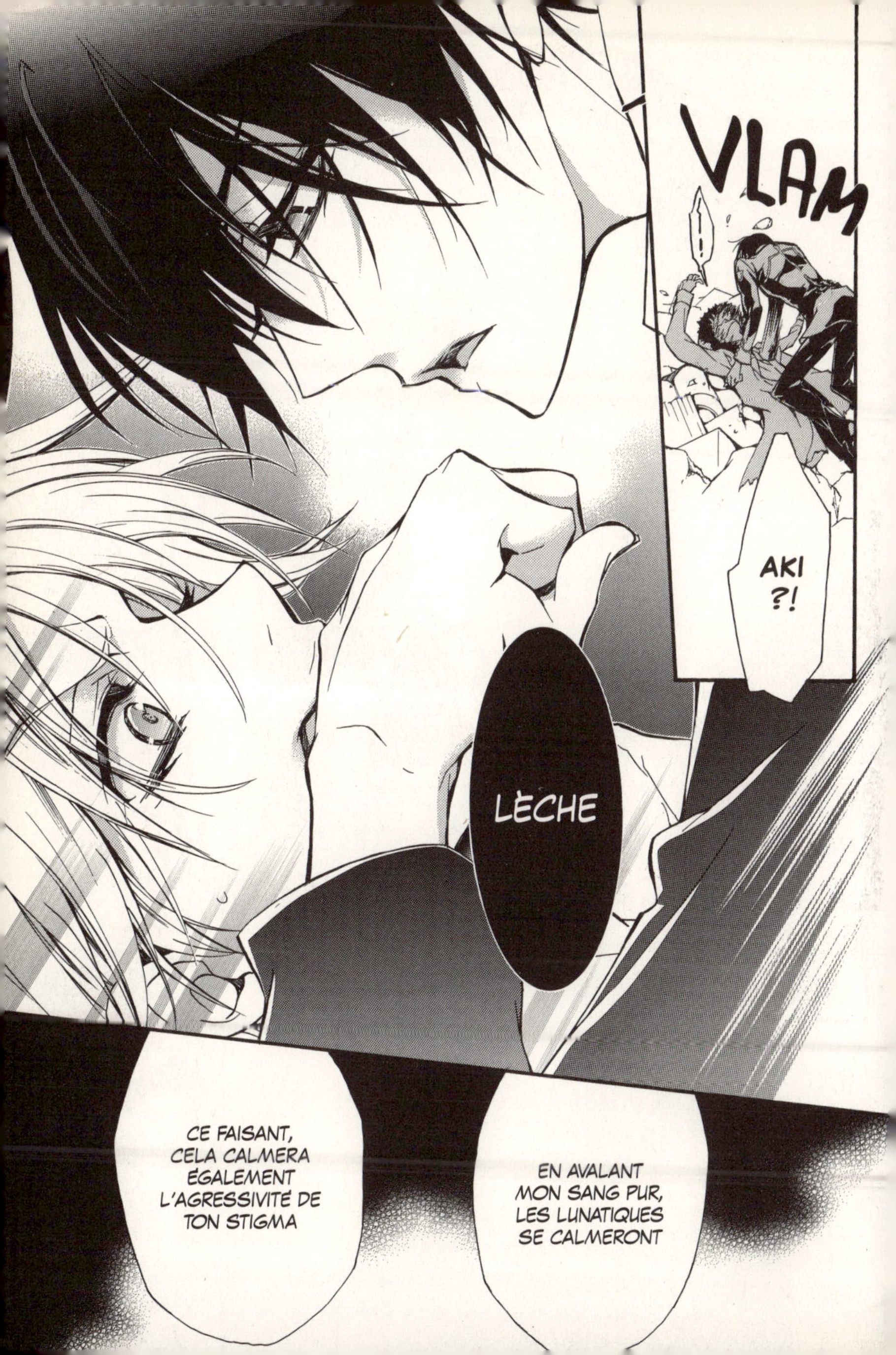
VLAM
!
AKI ?!
LÈCHE
EN AVALANT MON SANG PUR, LES LUNATIQUES SE CALMERONT
CE FAISANT, CELA CALMERA ÉGALEMENT L'AGRESSIVITÉ DE TON STIGMA

ENSUITE, IL NE TE RESTERA PLUS QU'À ESSAYER...
DE CONTRÔLER TON STIGMA
LA HAINE QUE JE LIS DANS TES YEUX QUAND TU ME REGARDES...
TE PERMETTRA-T-ELLE...
DE VAINCRE LES TÉNÈBRES QUI T'ASSAILLENT ?
GLOUP
JE TE PROMETS...

QUE TANT QUE JE N'AURAI PAS TROUVÉ LES CINQ AUTRES STIGMA, JE NE VOLERAI PAS LE TIEN
KOF
KOF
KOF
OUH... OUAA... AAH
AKI...
SHIRANUI ?
TU... ?!
KEUF
KOF
HEIN...
AARGH

QUOI ?

MAIS...
VOILÀ DONC POURQUOI ...
TU AS PU GARDER LE CONTRÔLE DE TOI-MÊME ALORS QUE TON STIGMA ÉTAIT DÉCHAÎNÉ
À VRAI DIRE...
C'EST PEUT-ÊTRE MÊME CETTE NATURE QUI T'A PERMIS D'ATTIRER EN TOI LE STIGMA

EN TOUT CAS, SURPRIS D'APPRENDRE QUE COULE EN TOI DU SANG DE LYCANTHROPE...
GRATTE
GRATTE
'TAIN... C'EST PAS VRAI...
C'EST TROP LA HONTE ! QU'EST-CE QUE JE VAIS FAIRE DE CES MACHINS... ?
HE, DRACULA, FAIS QUELQUE CHOSE !
ESSAIE DE LES FAIRE DISPARAÎTRE AVEC TA FORCE MENTALE
ET NE M'APPELLE PAS COMME ÇA !
GRAAAAH
N'EM-PÊCHE...
QUEL CRÉTIN...

C'EST PLUTÔT MIGNON, CES OREILLES ET CETTE QUEUE
TANT MIEUX
IL EST ENFIN REDEVENU LE JIN QUE JE CONNAIS
TSS... C'EST PAS VRAIMENT CE QUE JE DÉSIRE ÊTRE
AU FAIT...
TU NE M'AURAIS PAS ENCORE SAUVÉ... UNE NOUVELLE FOIS ?
HEIN... ?

THANK YOU...
T'ES VRAIMENT UNE NANA COOL
MAIS NON, C'EST AKI QUI T'A SAUVÉ
PARDON ?
HEIN...
TANT PIS...

SANS KANA, JE NE PEUX DE TOUTE FAÇON PAS VIVRE
À CE MOMENT-LÀ...
J'AI PRIS ÇA POUR UNE BLAGUE
ROOH
TU VAS ARRÊTER DE ME PRENDRE POUR UN SIMPLE CASSE-CROÛTE, UN PEU !!
VIOUU
MAIS SANS NOUS EN RENDRE COMPTE...

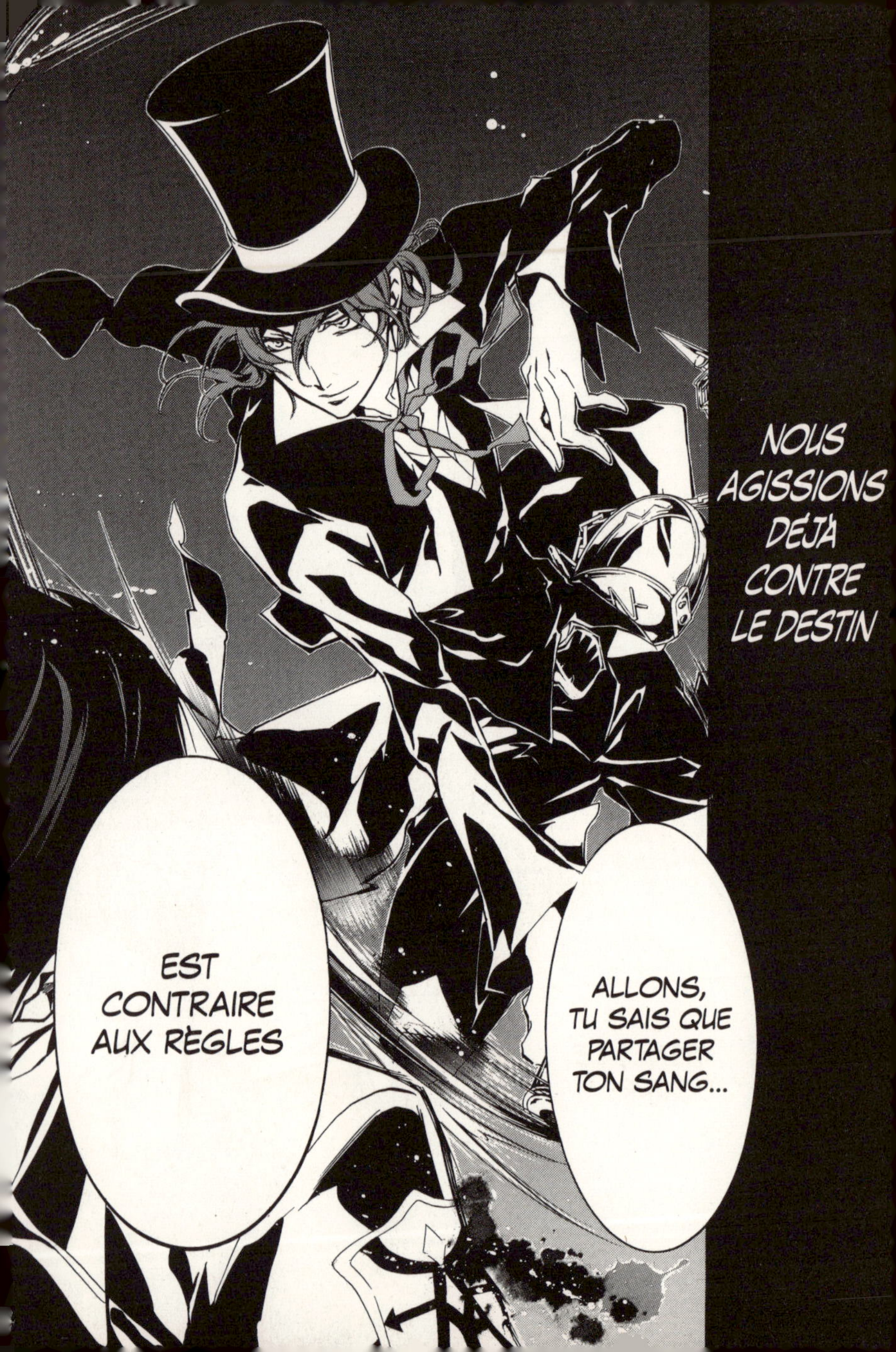
NOUS AGISSIONS DÉJÀ CONTRE LE DESTIN
ALLONS, TU SAIS QUE PARTAGER TON SANG...
EST CONTRAIRE AUX RÈGLES

AKI... !!
TIENS, TIENS, LE BOURREAU

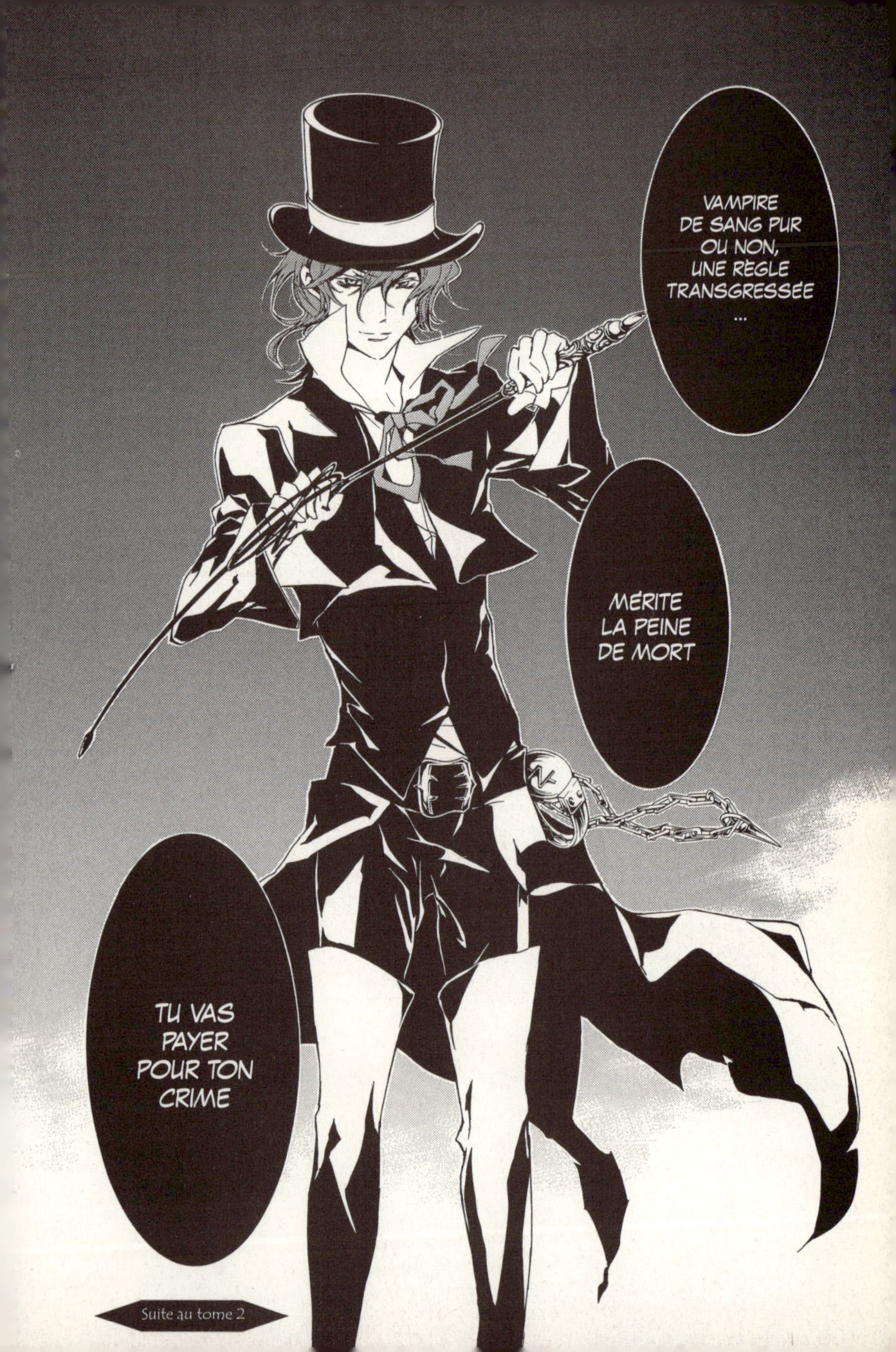

Suite au tome 2

He's my only vampire
Aya Shouoto

Bonjour à tous et enchantée !

Je m'appelle Aya Shouoto. Pardonnez-moi déjà pour mon écriture un peu sale, et laissez-moi surtout vous remercier d'avoir lu le premier volume de « Pureblood Boyfriend » !!

Tout a commencé lorsque mon responsable chez l'éditeur, M. K. m'a proposé, pour rire, de dessiner une histoire de vampires ! Ma vision idéale du vampire est cependant assez éloignée de sa représentation traditionnelle.

D'autres personnages vont bien sûr faire leur apparition par la suite, et j'ai prévu que tous les futurs personnages masculins tourneront autour du même thème de la « pureté du sang » (dans un sens paradoxal et différent de celui que l'on croit). J'espère en tout cas que vous passerez du bon temps en compagnie de tous ces petits amis « au sang pur » par la suite !

À bientôt dans le second tome !!

Aya Shouoto 2011

SPECIAL THANX

NORIE OGAWA
AYA NAKAMURA
MAIKO YOSHISE
AYA MAEDA
RIKA KASAHARA
KANAE SAITOU
YURIKA HONDA
KOU HIYOCO
and YOU

http://www.kashi.jpn.org/w/

Pure Blood Boyfriend In The House

Plutôt du genre coquet

À quel point est-il sérieux ?

Aya Shouoto

Next Story

Tout dans cet homme... est énigmatique !!

WIBOWO RUSLI / GETTY IMAGES ©

Des arts florissants

En dépit de sa petite taille, Bali est un terrain fertile pour les arts. Des œuvres créées à la main aux spectacles sollicitant le corps jusqu'au bout des doigts, l'art balinais est d'une richesse infinie.

Ikat

Dans un atelier d'ikat, le claquement frénétique des métiers à tisser en bois vous paraîtra peut-être cacophonique, mais le résultat est épatant. Des fils teints à part sont tissés ensemble pour former de beaux motifs faits à la main (p. 347).

Danse Legong

Les mouvements des meilleures danseuses de *legong* (p. 341) sont remarquablement contrôlés. Des femmes et des jeunes filles vêtues de parures brodées rehaussées d'or exécutent des danses ponctuées de mouvements précis des yeux et de presque tous les muscles. Observez leurs mains qui reproduisent le vol d'un papillon.

Psalmodie kecak

Un spectacle de *kecak* (p. 341) est captivant à plus d'un titre. La mélodie des dizaines d'hommes qui psalmodient et chantent pendant plus d'une heure a de quoi ensorceller les spectateurs. Les chants sont très rythmés et l'effet est envoûtant.

Barong et Rangda

Impossible de manquer les Barong (p. 341), avec leur masque aux couleurs vives – et cela même avant d'avoir vu le reste de leur étonnant costume recouvert de poils. Représentant le Bien, les Barong font claquer leur mâchoire en bois et se démènent pour voler la vedette à leur homologue maléfique, Rangda.

Sculpture sur pierre

À l'aide de la pierre volcanique tendre (qui s'érode rapidement) de l'île, les artisans créent des motifs élaborés qui donnent aux temples de construction récente l'aspect des merveilleux édifices du passé (p. 349).

Architecture

L'architecture fait partie du patrimoine spirituel de Bali et inspire l'aspect des maisons traditionnelles, des temples et même de bâtiments modernes, tels les complexes hôteliers. Le style de Bali est intemporel, qu'il s'agisse d'édifices vieux de plusieurs siècles ou de nouvelles villas luxueuses. Il n'est cependant pas figé : l'île possède une architecture mondialement renommée grâce à l'utilisation de matériaux renouvelables comme le bambou.

L'architecture et la vie

L'architecture réunit les vivants et les morts, rend hommage aux dieux et protège des esprits maléfiques, ainsi que des pluies torrentielles. Aussi spirituelle que fonctionnelle, aussi mystique que splendide, l'architecture balinaise possède une force vitale unique.

Sur une île aux rituels religieux et culturels profondément enracinés, la priorité de toute construction consiste à apaiser les divinités villageoises et ancestrales. Ainsi, l'endroit le plus sacré (le nord-est) d'un territoire est réservé au temple du village et, dans une maison, au temple familial. Une ambiance paisible incite les dieux à venir pour les cérémonies.

La maison balinaise est un modèle d'esthétisme, d'équilibre, de sagesse ancestrale et de fonctionnalité. Si un nombre croissant de riziculteurs vendent la terre de leurs ancêtres à des promoteurs étrangers, ils conservent toujours la parcelle sur laquelle se tient leur demeure.

Les *bale* (pavillons) en plein air dans les enclos familiaux sont les endroits où l'on accueille les visiteurs. Boissons et petits gâteaux sont servis et l'on parle longuement de choses et d'autres avant d'aborder la raison de la visite.

Préserver l'harmonie cosmique

Un village, un temple, un enclos familial, un bâtiment individuel – et même une partie de ce dernier – doivent se conformer au concept balinais d'harmonie cosmique. Ce concept repose sur trois éléments représentant les trois mondes du cosmos : *swah* (le monde des dieux), *bhwah* (celui des humains) et *bhur* (celui des démons). À ces trois mondes correspondent les trois parties d'une personne : *utama* (la tête), *madia* (le corps) et *nista* (les jambes). Les unités de mesure utilisées dans les constructions traditionnelles sont fondées sur les dimensions anatomiques du propriétaire, assurant ainsi l'harmonie entre la maison et ses habitants.

Le plan d'un bâtiment est traditionnellement réalisé par un *undagi*, un prêtre-architecte, et garantit l'harmonie entre les dieux, l'homme et la nature conformément au concept du *Tri Hita Karana*. En cas d'erreur, l'univers peut se trouver déséquilibré et le malheur et la maladie frapperont en permanence la communauté.

Architecture de Bali : traditions et modernité (Éd. du Pacifique, 2003), de Made Wijaya, présente une rétrospective de l'architecture balinaise à travers des photographies, des plans, des dessins et des peintures.

Construire autour du bale

Le *bale* est l'élément de base de l'architecture balinaise : un pavillon rectangulaire, ouvert sur les côtés et coiffé d'un toit de chaume pentu. Un enclos familial ou un temple comprennent habituellement plusieurs *bale* aux fonctions différentes, tous entourés d'un haut mur. Leurs proportions, le nombre de colonnes et leur emplacement dans l'enclos sont déterminés par la tradition et la caste du propriétaire.

Le *bale banjar*, point central d'une communauté, est un vaste pavillon utilisé pour les réunions, les discussions, les répétitions de gamelan et d'autres activités. Les grands bâtiments modernes, comme les restaurants ou les halls des complexes hôteliers, s'inspirent souvent de ce grand *bale* et sont généralement spacieux et bien proportionnés.

L'ENCLOS FAMILIAL TYPIQUE

Bien qu'il existe des variantes, l'architecture des enclos familiaux se distingue par une grande unicité d'un bout à l'autre de l'île de Bali. En voici les éléments caractéristiques :

Sanggah ou merajan Le temple familial, toujours dans le coin *kaja-kangin* (lever du soleil en direction des montagnes) de la cour. Il comprend des sanctuaires dédiés à la trinité hindoue (Brahma, Shiva et Vishnu) et au t*aksu*, l'intermédiaire divin.

Umah meten Le pavillon où dort le chef de famille.

Tugu Le sanctuaire du dieu des esprits malins, dans le coin *kaja-kuah* (coucher du soleil en direction des montagnes) de la cour ; employé comme gardien, le dieu empêche la venue d'autres mauvais esprits.

Pengijeng Un petit sanctuaire dans l'espace ouvert, consacré à l'esprit qui garde la propriété.

Bale tiang sanga Pavillon des invités, également appelé *bale duah*. Littéralement chambre de la famille, il est utilisé comme lieu de réunion, atelier des offrandes ou habitation temporaire pour des fils et leur famille avant qu'ils occupent leur propre maison.

Natah Cour plantée de frangipaniers ou d'hibiscus, avec quelques poules qui picorent.

Bale sakenam ou bale dangin Pavillon pour travailler ou dormir ; peut accueillir d'importantes cérémonies familiales.

Arbres fruitiers et cocotiers À la fois utiles et décoratifs. Les arbres fruitiers sont souvent mélangés à des arbres à fleurs comme les hibiscus, et des cages à oiseau pendent aux branches.

Potager Petit ; habituellement planté de quelques épices.

Bale sakepat Pavillon où dorment les enfants ; largement optionnel.

Paon Cuisine ; toujours au sud, la direction associée à Brahma, le dieu du Feu.

Lumbung Grenier à riz : le domaine du grain précieux et de Devi Sri, la déesse du Riz. Surélevé pour le protéger des nuisibles.

Aire de battage du riz Importante pour les fermiers, pour préparer le riz à cuisiner ou à stocker.

Aling aling Mur que les visiteurs doivent contourner par la droite ou la gauche. Il garantit l'intimité de la maison et la protège des démons, qui ne peuvent contourner un objet selon la croyance balinaise.

Candi kurung Porte surmontée d'un toit, qui ressemble à une montagne ou à une tour coupée en deux.

Apit lawang ou pelinggah Sanctuaires de la porte, qui reçoivent continuellement des offrandes pour éloigner les mauvais esprits.

Porcherie ou fosse à détritus Toujours dans le coin *kangin-kelod* (lever du soleil dans la direction opposé aux montagnes), elle reçoit les détritus de l'enclos.

La porte d'une maison traditionnelle balinaise indique la richesse de la famille. Elle varie de la plus humble – en pierre ou en argile, coiffée de chaume – à la plus imposante, avec des briques ouvragées, des pierres sculptées et un toit de tuiles.

L'enclos familial

La maison balinaise est tournée vers l'intérieur – l'extérieur est simplement constitué d'un haut mur. Il entoure un jardin et plusieurs *bale*, chacun réservé à une activité : un pour la cuisine, un pour le bain et les toilettes et un pour chaque "chambre". Dans le doux climat tropical de Bali, les habitants vivent dehors, ainsi le "salon" et la "salle à manger" sont des vérandas ouvertes, face au jardin. L'ensemble est orienté sur l'axe *kaja-kelod* (vers les montagnes-vers la mer).

Des maisons, de la tête aux pieds

Semblable à un corps humain, l'enclos possède une tête (le temple familial avec son sanctuaire ancestral), des bras (les lieux de vie et de repos), des jambes et des pieds (la cuisine et le grenier à riz) et même un anus (la fosse à ordures ou la porcherie). Il peut y avoir un espace en dehors de l'enclos avec un verger ou une porcherie.

Il existe diverses variations de l'enclos familial type. Par exemple, l'entrée est généralement du côté *kuah* (soleil couchant), plutôt que du côté *kelod* (tournant le dos aux montagnes et vers la mer), mais jamais du côté *kangin* (soleil levant) ou du côté *kaja* (vers les montagnes).

On trouve des maisons balinaises traditionnelles dans toutes les régions de l'île. Ubud en compte un grand nombre et beaucoup accueillent des hôtes. Au sud d'Ubud, vous pouvez visiter la maison de Nyoman Suaka (p. 179), à Singapadu.

Temples

Tous les villages de Bali abritent plusieurs temples et chaque maison en possède au moins un petit. *Pura* signifie temple en balinais et provient du mot sanskrit qui se traduit littéralement par "l'espace entouré d'un mur". À l'instar de la maison traditionnelle, le temple est entouré d'un mur – les sanctuaires que vous voyez dans les rizières ou dans des sites "magiques", comme de vieux arbres, ne sont pas des temples. De modestes sanctuaires ou trônes surplombent souvent les carrefours, pour protéger les passants.

Les temples sont construits sur un axe montagnes-mer, et non pas nord-sud. La direction vers les montagnes, ou *kaja*, constitue l'extrémité du temple, où se tiennent les sanctuaires les plus sacrés. L'entrée du temple est du côté *kelod*. Le *kangin* est plus sacré que le *kuah*, aussi de nombreux sanctuaires secondaires sont du côté *kangin*. Le *kaja* peut faire face à une montagne particulière – le Pura Besakih, dans l'est de Bali, est orienté vers le Gunung Agung – ou vers les montagnes en général, qui se déploient d'est en ouest sur la longueur de l'île.

Les tuiles en terre cuite constituent le matériau le plus couramment utilisé pour couvrir les toits depuis la période néerlandaise. Le chaume, sous différentes formes, ou le bambou sont réservés aux sites les plus traditionnels et consacrés aux cérémonies.

Types de temples

Il existe trois types de temples dans la plupart des villages. Le plus important est le *pura puseh* (temple des origines), dédié aux fondateurs du village et situé à l'extrémité *kaja* du village. Au milieu du village se dresse le *pura desa*, consacré aux esprits qui protègent les habitants au quotidien. À l'extrémité *kelod* du village, le *pura dalem* (temple des morts) avoisine le cimetière ; il peut abriter des représentations de Durga, la forme terrible de Parvati, l'épouse de Shiva. Shiva et Parvati possèdent une part créatrice et une part destructrice ; leurs pouvoirs destructeurs sont honorés dans le *pura dalem*.

Parmi les autres temples, certains sont dédiés aux esprits des cultures irriguées. En raison de l'importance du riz à Bali et, par conséquent, du soin extrême apporté à la répartition de l'eau pour l'irrigation, ces *pura subak* ou *pura ulun suwi* (temple de l'association des riziculteurs) peuvent avoir une importance considérable. D'autres temples peuvent honorer aussi bien des cultures non irriguées que des rizières.

À ces temples "locaux" s'ajoute un nombre inférieur de grands temples. Un royaume en possédait souvent trois selon l'ordre hiérarchique suivant : un temple d'État au cœur du territoire, comme

ÉLÉMENTS CARACTÉRISTIQUES DES TEMPLES

Il n'existe pas deux temples identiques à Bali. S'ils varient en style, en taille, en importance, en richesse ou encore en terme d'usage, on peut toutefois distinguer des éléments communs.

Candi bentar Porte finement sculptée, semblable à une tour fendue en deux, elle symbolise l'entrée d'un sanctuaire. Elle peut être majestueuse, avec des entrées secondaires sur les côtés pour l'usage quotidien.

Tour du kulkul Tour du tambour en bois (*kulkul*), frappé pour annoncer des événements du temple ou avertir d'un danger.

Bale Pavillon, habituellement ouvert sur les côtés, pour des usages temporaires ou le stockage. Il peut comprendre un *bale gong*, où joue l'orchestre de gamelan lors des fêtes ; un *paon*, ou cuisine temporaire pour préparer les offrandes ; ou un *wantilan*, scène pour la danse ou les combats de coqs.

Kori agung ou paduraksa L'entrée de la cour intérieure est une tour en pierre abondamment sculptée. On entre par une porte desservie par des marches au milieu de la tour, laissée ouverte durant les fêtes.

Raksa ou dwarapala Statues de gardiens à l'expression farouche qui protègent la porte et découragent les mauvais esprits. Au-dessus de la porte se tient un visage de Bhoma tout aussi féroce, les mains tendues pour éloigner les esprits indésirables.

Aling Aling Si un mauvais esprit parvient à pénétrer, ce mur bas derrière l'entrée l'empêchera d'aller plus loin ; les mauvais esprits ne peuvent pas contourner les obstacles (ce mur est également présent dans les enclos familiaux).

Entrée latérale (betelan) Sauf pendant les cérémonies, l'entrée dans la cour intérieure se fait par cette porte, toujours ouverte.

Petits sanctuaires (gedong) Souvent dédiés à Ngrurah Alit et Ngrurah Gede, qui veillent au bon déroulement du culte et aux offrandes.

Pierre padma Trône de Surya, le dieu du Soleil, placé dans le coin *kaja-kangin* (lever du soleil en direction des montagnes), le plus propice. Il se dresse sur le *badawang* (tortue qui porte le monde), tenu par deux *naga* (serpents mythiques).

Meru Sanctuaire à plusieurs toits. Un temple comprend habituellement un *meru* à 11 toits dédié à Sanghyang Widi, la divinité balinaise suprême, et un *meru* à 3 toits consacré au Gunung Agung, une montagne sacrée. Un *meru* peut être surmonté d'un nombre impair (entre 3 et 11) de toits, selon la place du dieu dans la hiérarchie. La couverture noire des toits, très coûteuse, est faite de feuilles de palmier à sucre.

Petits sanctuaires (gedong) À l'extrémité *kaja* de la cour, ils peuvent comprendre un sanctuaire dédié au Gunung Batur, une montagne sacrée de Bali ; un sanctuaire Maospahit en l'honneur des colons hindous (Majapahit) de l'île ; et un sanctuaire au *taksu,* l'interprète des dieux (des danseurs ou des médiums en transe peuvent être utilisés pour transmettre les souhaits des dieux).

Bale piasan Pavillons ouverts utilisés pour déposer les offrandes.

Gedong pesimpangan Un édifice en pierre dédiée au fondateur du village ou à une divinité locale.

Paruman ou pepelik Pavillon ouvert dans la cour intérieure, où les dieux "se réunissent" pour regarder les cérémonies lors d'une fête.

Sur la route de Muncan à Selat dans l'est de Bali, d'innombrables ateliers en plein air sculptent les statues et les ornements destinés aux temples et aux sanctuaires.

le Pura Taman Ayun (p. 254) à Mengwi, dans l'ouest de Bali ; un temple de montagne, tel le Pura Besakih (p. 193) dans l'est de Bali ; et un temple de la mer, comme le Pura Luhur Ulu Watu (p. 105), dans le sud de l'île.

Chaque maison à Bali possède son temple domestique, installé dans le coin *kaja-kangin* de la cour, et au moins cinq sanctuaires.

Décoration des temples

Les temples balinais et leur décoration sont étroitement liés. Une porte n'est jamais simplement édifiée : chaque centimètre carré est sculpté de reliefs, et une petite série de visages de démons la surplombe afin de la protéger. Par ailleurs, plusieurs statues de pierre font office de gardiens.

À l'intérieur, le degré de décoration varie. Parfois un temple est construit avec un minimum d'ornements dans l'espoir que des

LES TEMPLES À NE PAS MANQUER

Bali compte plus de 10 000 temples disséminés dans toute l'île, au bord de la mer, à flanc de falaise ou au pied des volcans. Les suivants figurent parmi les plus beaux.

Temples directionnels

Certains temples ont une importance telle qu'ils appartiennent à l'île entière plutôt qu'à un village. Il existe ainsi neuf *kahyangan jagat*, ou temples directionnels, parmi lesquels :

Pura Luhur Batukau (p. 232). L'un des temples les plus importants de Bali, il se situe sur les versants brumeux du Gunung Batukau.

Pura Luhur Ulu Watu (p. 105). Aussi important que populaire, ce temple offre une vue fabuleuse sur la mer, des spectacles de danse au coucher du soleil, et des troupes de singes alentour.

Pura Goa Lawah (p. 196). Un temple à flanc de falaise, peuplé de chauves-souris.

Temples de la mer

Au XVIe siècle, le prêtre légendaire Nirartha fonda une série de temples pour honorer les dieux de la mer. Chacun devait être à portée de vue du suivant et plusieurs occupent des emplacements spectaculaires sur la côte sud. Citons notamment :

Pura Rambut Siwi (p. 258). Sur une étendue sauvage de la côte ouest, non loin de l'endroit où Nirartha arriva au XVIe siècle. Des mèches de ses cheveux seraient enfouies dans un sanctuaire.

Pura Tanah Lot (p. 254). Magique au lever du jour, il est envahi de touristes au coucher du soleil.

Autres temples importants

Certains temples sont particulièrement importants en raison de leur emplacement, de leur rôle spirituel ou de leur architecture. Les suivants méritent la visite :

Pura Maduwe Karang (p. 239). Un temple agricole sur la côte nord, renommé pour ses reliefs, dont l'un représente probablement le premier cycliste de Bali.

Pura Pusering Jagat (p. 173). L'un des plus fameux de Pejeng, près d'Ubud, il date du XIVe siècle et possède un énorme tambour de bronze de cette époque.

Pura Taman Ayun (p. 254). Vaste et imposant temple d'État du royaume de Mengwi, sélectionné pour figurer au patrimoine mondial de l'Unesco.

Pura Tirta Empul (p. 176). Superbe temple à Tampaksiring, avec des sources sacrées découvertes en 962 et des bassins de baignade à la source de la Sungai Pakerisan (rivière Pakerisan).

sculptures seront ajoutées quand les finances le permettront. Les sculptures peuvent aussi se détériorer en quelques années car elles sont souvent exécutées en pierre tendre qui s'érode rapidement en raison du climat tropical (des temples qui semblent vieux de plusieurs siècles peuvent avoir moins de 10 ans !). Les sculptures sont restaurées ou remplacées quand les fonds sont suffisants – il n'est pas rare de voir de vieilles sculptures à peine reconnaissables à côté d'autres récemment terminées.

Des sculptures apparaissent souvent à des endroits spécifiques. Ainsi, les gardiens de la porte – représentations de personnages légendaires comme Arjuna ou d'autres figures protectrices – encadrent habituellement les marches qui mènent à l'entrée. Au-dessus de l'entrée principale du temple pointe souvent le visage monstrueux de Kala, tandis que ses mains tendues attrapent tout esprit malin assez stupide pour tenter de s'introduire.

Vous remarquerez des sculptures en bois de Garuda, l'homme-oiseau monture du dieu Vishnu, dans les endroits les plus improbables : haut perché sur les chevrons d'un pavillon, au pied de colonnes...

Architecture des temples

Bien que l'architecture des temples soit dans l'ensemble assez similaire dans le nord et le sud de Bali, il existe quelques différences importantes. Les cours intérieures des temples du Sud abritent en général plusieurs *meru* (sanctuaires à toits multiples), ainsi que d'autres structures, alors que, dans le Nord, tout est groupé sur un seul socle. Sur ce piédestal se tiennent les "maisons" des divinités, destinées à leurs visites terrestres ; elles servent aussi à conserver des reliques religieuses.

Alors que la sculpture et la peinture balinaises étaient jadis réservées à la décoration des temples, elles sont devenues chacune un art à part entière et influencent désormais tous les aspects de l'île. L'art de la construction de temples et de sanctuaires reste vivace aujourd'hui, avec plus de 500 nouveaux édifices religieux de toutes tailles édifiés chaque mois.

La naissance du style balinais

Le tourisme a apporté à l'architecture balinaise une notoriété sans précédent, et il semble que chaque visiteur souhaite rapporter chez lui un morceau de l'île.

Le long de Ngurah Rai Bypass (la route principale du sud de Bali, qui court de l'aéroport à Sanur), des boutiques vendent des *bale* préfabriqués en kit et les expédient dans le monde entier. Les ateliers de meubles de Denpasar et les villages d'artisans proches d'Ubud fabriquent à la chaîne des ornements pour les marchés national et international.

L'engouement pour l'artisanat balinais remonte au début des années 1970, quand l'artiste australien Donald Friend s'associa à Wija Waworuntu, originaire de Manado. Ce dernier avait construit le Tandjung Sari sur la plage de Sanur dix ans auparavant. Afin de concevoir des hébergements de style rural plutôt que des hôtels occidentaux à multiples étages, ils firent venir deux architectes à Bali : l'Australien Peter Muller et le Sri Lankais Geoffrey Bawa, aujourd'hui disparu, qui s'inspirèrent de l'architecture traditionnelle et l'adaptèrent aux standards occidentaux.

Ainsi naquit rapidement le style balinais. Il reflétait alors l'approche sensible et discrète de Muller et de Bawa, préférant la culture au style et privilégiant le respect des principes traditionnels et des artisans, les matériaux locaux renouvelables et les techniques ancestrales. Aujourd'hui, le concept s'est quelque peu dilué dans le marché de masse.

HAUTEUR DES BÂTIMENTS

La loi qui interdit la construction de bâtiments plus hauts que le faîte d'un cocotier date des années 1960, quand les 10 étages du Bali Beach Hotel avaient provoqué la consternation. Toutefois, l'augmentation du prix des terrains dans le Sud et l'impuissance à faire respecter la loi entraîne des dérogations croissantes.

LE POUVOIR DU BAMBOU

Bali possède depuis toujours de majestueux bosquets de bambous, qui s'élèvent telles des arches dans les épaisses forêts tropicales de l'Est et de l'Ouest. Le bambou, importante ressource renouvelable, est aujourd'hui utilisé pour construire d'étonnants bâtiments aux formes sinueuses.

L'actuelle révolution du bambou est en grande partie due à John Hardy, qui l'a utilisé en 2007 pour édifier son emblématique Green School (p. 179), au sud-ouest d'Ubud. L'originalité des structures enthousiasme les visiteurs. Depuis, l'utilisation du bambou dans la construction s'est répandue à Bali, où vous pourrez découvrir de superbes exemples, dont les suivants :

Fivelements (p. 179). Un nouveau *resort* et centre de soins, non loin de la Green School.

Power of Now Oasis (p. 114). Un splendide centre de yoga en bord de plage à Sanur.

Hai Bar & Grill (p. 134). Un bar de plage à Nusa Lembongan.

Sardine (p. 86). Un restaurant réputé sur sa propre rizière à Kerobokan.

Pearl Beach Lounge (p. 297). Un luxueux bar lounge au bord de la plage sur Gili Trawangan.

Big Tree Farms (p. 178). Immense temple du chocolat, proche de la Green School.

L'architecture des hôtels contemporains

Pendant des siècles, des étrangers, comme le prêtre Nirartha, ont joué un rôle essentiel dans l'histoire et les légendes de l'île. Aujourd'hui, les touristes ont un impact sur la sérénité de la cosmologie balinaise telle qu'elle s'inscrit dans son architecture traditionnelle. Si les visiteurs fortunés ne changent pas le système de croyances des habitants de l'île, ils modifient tout de même son aspect.

La plupart des hôtels de Bali et de Lombok sont purement fonctionnels ou sont des pastiches des habitations traditionnelles. Certains parmi les plus raffinés sont cependant plus ambitieux. Voici quelques exemples notables :

Le Tandjung Sari (p. 115) de Wija Waworuntu, à Sanur, est le prototype de l'hôtel de charme balinais en bord de plage.

L'Amandari (p. 162), à proximité d'Ubud, constitue la plus grande réussite de l'architecte Peter Muller, qui a aussi conçu les deux Oberoi. Les matériaux, l'artisanat et les techniques de construction respectent les principes balinais traditionnels.

L'Oberoi (p. 77), à Seminyak, fut le premier hôtel de luxe de l'île et illustre la vision de Muller d'un village balinais. Le *bale agung* (salle de réunion du village) et le *bale banjar* forment la base des espaces communs.

L'Oberoi Lombok (p. 274). L'hôtel le plus luxueux et le plus traditionnel de Lombok.

L'Amankila (p. 200), dans l'est de Bali, privilégie le jardin avec un paysage de bassins de lotus et des pavillons flottants qui dévalent à flanc de colline.

L'Hotel Tugu Bali (p. 93), à Canggu, illustre la faculté naturelle de certains matériaux à s'éroder rapidement et à offrir ainsi une "plaisante décrépitude".

Le Four Seasons Resort (p. 162), proche d'Ubud, est une saisissante sculpture aérienne, avec un immense bassin de lotus elliptique posé au-dessus d'une structure qui ressemble à une ruine romantique dans une spectaculaire vallée.

L'Alila Villas Uluwatu (p. 106), à la pointe sud de Bali, emploie un style contemporain léger et aéré, qui procure un sentiment de luxe. Construit parmi des rizières, cet hôtel incarne les principes de construction verte.

GRENIER À RIZ

Les hôtels de style *lumbung* (grenier à riz) sont réellement conçus d'après d'anciens greniers à riz : le 1er étage était prévu pour être bien isolé et il est donc très chaud !

L'architecture de Lombok

L'architecture de Lombok est régie par des lois et des coutumes traditionnelles. La construction doit commencer un jour propice, toujours à une date impaire, et la charpente doit impérativement être achevée le même jour, faute de quoi cela portera malheur.

Un village sasak traditionnel est un enclos entouré d'un mur. Il existe trois types de bâtiments : le *beruga* (pavillon ouvert sur les côtés), le *bale tani* (maison familiale) et le *lumbung* (grenier à riz). Le *beruga* et le *bale tani* sont rectangulaires avec des murs bas et un toit de chaume pentu. Le *beruga* est nettement plus spacieux. Le *bale tani* est en bambou sur une base de boue compactée ; il est habituellement dépourvu de fenêtres et l'agencement des pièces est standardisé. Un *serambi* (véranda ouverte) se tient en façade et l'intérieur comporte deux pièces sur deux niveaux : l'une pour cuisiner et recevoir les invités, l'autre pour dormir et stocker les provisions. Rembitan et Sade, près de Kuta, sont de jolis villages sasak traditionnels.

Environnement

Bali et Lombok ont un environnement naturel riche et diversifié, malgré leur relative petite taille. Elles sont peuplées d'une myriade de créatures – des canards de rizières aux oiseaux parmi les plus rares au monde –, et les volcans, plages et récifs n'en sont que les éléments les plus visibles, Or, le tourisme de masse représente un danger pour ce trésor naturel. Cependant, chacun peut, à son niveau, modérer l'impact de sa visite.

Le paysage

Bali est une petite île située au milieu de l'archipel indonésien. Elle jouxte Java, densément peuplée, et se trouve juste à l'ouest du modeste chapelet d'îles englobant la province de Nusa Tenggara (incluant Lombok).

Bali est hérissée de montagnes spectaculaires avec, au centre, une chaîne de pics volcaniques atteignant 2 000 m. Au sud et au nord s'étendent les terres agricoles. La région méridionale consiste en une vaste zone vallonnée, d'où provient la majeure partie de la production rizicole. Moins arrosé, le littoral septentrional forme une bande plus étroite, qui s'élève rapidement vers les contreforts de la chaîne centrale. On y élève du bétail et cultive du café, du coprah, ainsi que du riz.

L'île compte également des régions arides et guère peuplées : les montagnes de l'Ouest, ainsi que les versants est et nord du Gunung Agung. De même, la sécheresse des îles de Nusa Penida les rend inadaptées à la riziculture intensive. Malgré son aridité, la péninsule de Bukit voit sa population croître grâce à l'essor du tourisme.

Volcans

Si vous arrivez à le dénicher, Balinese Flora & Fauna (Periplus) est un guide concis et joliment illustré sur les animaux et les plantes que vous découvrirez au cours de vos voyages. Excellent document sur l'écologie d'une rizière.

Bali est une île aux volcans actifs, extrêmement fertile. Du reste, les deux phénomènes vont de pair : les éruptions contribuent à la richesse des sols et les hautes montagnes favorisent les précipitations qui irriguent la complexe mosaïque de rizières. Bien évidemment, les volcans constituent une menace. Bali a connu – et connaîtra encore – de désastreuses éruptions. Le Gunung Agung, la "montagne mère", atteint 3 142 m et son versant sud est couvert d'une forêt dense. On peut l'escalader ou faire l'ascension du Gunung Batur (1 717 m), son voisin qui crache des jets de vapeur. Ce dernier offre un intéressant spectacle géographique : celui d'un volcan actif émergeant d'un lac, lui-même situé dans un vaste cratère.

À Lombok, le Gunung Rinjani (3 726 m) est le deuxième volcan d'Indonésie par la hauteur. Dans son immense caldeira s'étend le Danau Segara Anak, un lac aux eaux bleu-vert d'une époustouflante beauté.

Plages

Bali compte des plages de toutes formes, couleurs et physionomies : criques cachées ou étendues spectaculaires, plages isolées ou théâtres de fêtes, blancheur immaculée ou noir étincelant… Pour plus d'informations sur les plus belles plages de Bali, voir p. 59.

Faune et flore

Presque toutes les espèces vivantes de l'île – jeune sur le plan géologique – proviennent d'autres régions, et il n'existe pratiquement aucune espèce végétale ou animale "endémique". Une réalité facile à concevoir dans le sud de l'île, densément peuplé et remarquablement fertile, où les

VOYAGER DE FAÇON RESPONSABLE

Pour visiter Bali et Lombok de façon responsable, il faut limiter au maximum son impact sur l'environnement. Plus facile à dire qu'à faire. Voici quelques conseils :

Surveillez votre consommation d'eau. Quand on se promène dans les rizières, on a l'impression que l'eau coule à flots à Bali, or la demande dépasse l'offre disponible. Pour apporter votre contribution, demandez par exemple au personnel de votre hôtel de ne pas laver draps et serviettes chaque jour. Vous pouvez aussi renoncer à votre piscine privative dans les établissements huppés, ou même à la piscine commune (ce qui est quasi impossible quelle que soit la catégorie de l'hôtel).

Fuyez les bouteilles en plastique. Ces bouteilles d'Aqua (principale marque locale d'eau en bouteille, détenue par Danone) sont certes pratiques, mais elles alourdissent la note écologique. Bien entendu, il reste préférable de ne pas boire l'eau du robinet, mais alors, que faire ? Demandez à votre hôtel si vous pouvez vous réapprovisionner aux grands containers d'eau potable dont il dispose. Et s'il ne fournit pas dans la chambre de l'eau potable dans des récipients en verre réutilisables, faites-leur savoir que cela vous gêne. À Ubud, arrêtez-vous au Pondok Pekak Library & Learning Centre (p. 171), qui remplira votre bouteille d'eau et vous indiquera d'autres commerces offrant ce service. L'usage tend à se répandre ailleurs. Dans les restaurants, demandez de l'*air putih*, c'est-à-dire un verre d'eau tiré du container Aqua, plutôt qu'une bouteille en plastique.

Évitez de jouer au golf. La présence de deux parcours sur la péninsule aride de Bukit est une aberration écologique.

Soutenez les établissements soucieux d'écologie. Le nombre d'entreprises qui adoptent des pratiques respectueuses de l'environnement augmente rapidement à Bali et à Lombok. Guettez dans ce guide l'icône (🌿), qui signale ce type d'entreprise.

Économisez l'énergie. Certes, vous serez tenté de jouir du confort moderne par un étouffant après-midi, mais l'utilisation de la climatisation pèse lourdement sur un système déjà en surcharge. Une grande partie de l'électricité provient de Java, le reste étant produit par la centrale polluante proche de Benoa Harbour. Ouvrez les fenêtres la nuit à Ubud pour profiter de la brise fraîche des montagnes et de la symphonie de sons émanant des rizières.

Oubliez la voiture. La circulation étant déjà très dense, inutile d'ajouter un véhicule de plus. Prenez un bus touristique plutôt qu'une voiture de location. De même, une promenade ou une randonnée serait certainement plus agréable qu'un circuit motorisé vers un site touristique déjà trop fréquenté (comme le Pura Tanah, par exemple). La balade sur la plage est un moyen agréable de parcourir Kuta et Seminyak (souvent plus rapide qu'un taxi pris dans la circulation). Le vélo est plus que jamais d'actualité et vous pouvez en louer un pour 3 $US seulement par jour.

Refusez les sacs en plastique. Le gouverneur de Bali essaie de faire interdire les sacs en plastique. Soutenez son action en les refusant (idem pour les pailles en plastique). Désormais, dans les supermarchés Circle K, on vous demande si vous souhaitez un sac.

Laissez les animaux tranquilles. Faites l'impasse sur la baignade avec les dauphins en captivité, les promenades à dos d'éléphant et les spectacles – condamnés par les associations de défense des animaux – mettant en scène des animaux sauvages (dont les delphinidés et les pachydermes).

L'ÉTOURNEAU DE BALI

Également appelé étourneau de Rothschild ou *jalak putih* par les locaux, l'étourneau de Bali est sans doute le seul oiseau endémique de l'île (mais les points de vue divergent : d'autres îles étant si proches, comment savoir ?). D'un blanc éclatant, il se distingue par l'extrémité noire des ailes et de la queue et son masque bleu vif caractéristique. Ces attraits lui ont valu d'être braconné jusqu'à frôler l'extinction, la population sauvage étant estimée à moins de 100 individus. En captivité toutefois, ils sont des milliers.

Près d'Ubud, le Bali Bird Park (p. 179) possède de grandes volières où admirer les étourneaux de Bali. Le parc fut l'un des principaux lieux de réintroduction des oiseaux dans leur milieu naturel, qui comprend notamment un programme de reproduction géré par l'ONG Friends of the National Parks Foundation (p. 136) sur Nusa Penida, et un autre programme à l'ouest d'Ubud.

harmonieuses rizières cultivées de façon intensive évoquent davantage un paysage façonné que naturel.

En réalité, les rizières ne couvrent que 20% environ de la superficie de Bali, qui compte une grande diversité de zones écologiques : broussailles dans le Nord-Ouest, l'extrême Nord-Est et la péninsule méridionale ; jungle dense dans les vallées ; forêts de bambous ; enfin, régions volcaniques constituées de roches nues et de tuf aux altitudes les plus élevées. Lombok présente un paysage similaire.

Faune

Espèces sauvages

Bali compte quantité de lézards, de formes et de tailles différentes. Vous verrez fréquemment les plus petits (appelés *cecak*, d'après le son qu'ils émettent) errer près des lumières le soir, à l'affût de quelque insecte. Le gecko se montre rarement, mais il fait souvent entendre son cri répétitif, composé de deux parties ("geck-oh"), un bruit nocturne vite familier.

Bali abrite plus de 300 espèces d'oiseaux, mais l'unique espèce véritablement originaire de l'île, est l'étourneau de Bali. Beaucoup plus répandus sont les oiseaux colorés comme la grive de Péron, différentes espèces d'aigrettes, les martins-pêcheurs, les perroquets, les chouettes et tant d'autres.

La seule réserve naturelle de Bali, le Taman Nasional Bali Barat (le parc national du nord-ouest de Bali), accueille un certain nombre d'espèces sauvages, notamment des singes gris et noirs (visibles aussi dans les montagnes, à Ubud et dans l'est de l'île), des *muncak* (chevrotains), des écureuils, des chauves-souris et des iguanes.

CHIENS DE BALI

Les chiens de Bali vivent souvent une situation critique, alors qu'ils jouent un rôle important dans la vie insulaire.

Espèces domestiques

Les animaux domestiques sont nombreux à Bali – ils vous réveillent le matin ou vous empêchent de dormir la nuit. Poulets et coqs y sont une source d'alimentation aussi bien que des animaux de compagnie.

Combats de coqs Ils sont une distraction masculine très prisée et les volatiles élevés dans ce but sont de véritables trésors. Un rassemblement de voitures et de motos sur le bord d'une route de campagne sans personne à proximité indique sans doute qu'il se déroule un combat "caché" derrière un bâtiment. Ils sont interdits à Bali en raison de leur cruauté, excepté pour les cérémonies religieuses.

Chiens À l'exception d'une poignée de quadrupèdes bichonnés, les chiens ont la vie dure. Ils sont souvent ignorés, atteints par la rage et parfois considérés comme des suppôts des esprits malfaisants (en raison de leurs aboiements incessants). Bali possède une race indigène de taille moyenne, le Kintamani, qui gagne en considération au niveau international.

Canard Autres animaux domestiques élevés dans l'enclos familial, les canards figurent souvent sur les tables de fêtes. Durant la journée, ils emboîtent le pas

LES TORTUES DE MER

Les tortues vertes et les tortues carets vivant dans les eaux entourant Bali et Lombok bénéficient théoriquement de la protection des lois internationales qui interdisent le commerce de ces reptiles marins.

À Bali, toutefois, la viande de tortue verte constitue un mets traditionnel raffiné, fort apprécié lors des fêtes. L'île enregistre le plus important massacre de tortues de mer du monde entier. Il n'existe aucun chiffre fiable, mais, en 1999, une estimation portait à plus de 30 000 le nombre de chéloniens tués chaque année. Facile à observer, ce trafic se pratique dans les petites rues des villes du littoral comme Benoa.

La situation s'améliore néanmoins, notamment grâce à des groupes tels que ProFauna (p. 371) et à leurs progrès considérables dans la sensibilisation au problème des tortues à Bali, et d'autres animaux dans toute l'Indonésie.

À Bali, le groupe a encouragé la police à faire respecter la loi de 1999 interdisant le massacre des tortues et a permis de libérer les spécimens repris aux contrebandiers. Sa réussite majeure reste néanmoins la sensibilisation du public. "À Kuta, 30 tortues pondent chaque année sur la plage. La communauté nous aide désormais à les surveiller et à faire en sorte que les œufs éclosent et que les bébés arrivent jusqu'à la mer." Un centre d'information a été ouvert sur la plage de Tuban par ProFauna.

Une vaste coalition de plongeurs et de journalistes soutient la **campagne SOS Sea Turtles** (www.sos-seaturtles.ch), qui dénonce les mauvais traitements infligés aux tortues à Bali. Elle a dénoncé le braconnage au parc national de Wakatobi, à Sulawesi, destiné à la vente des tortues à Bali. Ce commerce illégal est largement répandu et, à l'instar du trafic de drogue, difficile à maîtriser. Le Hindou Dharma de Bali, l'instance qui régit les pratiques religieuses, a décrété que la viande de tortue n'était essentielle qu'à l'occasion de cérémonies particulières.

Les refuges à tortues ouverts au public, comme celui de l'île de la Tortue, permettent de sensibiliser les habitants à la nécessité de protéger les tortues. De nombreux défenseurs de l'environnement restent toutefois opposés au maintien des tortues en captivité.

Sur Nusa Penida, les bénévoles peuvent venir en aide au Green Lion Bali (p. 136), qui gère une pouponnière de tortues.

à leur propriétaire jusqu'à une mare, suivant fidèlement un petit drapeau blanc noué sur un bâton, qui sera plantée dans le champ. Avec l'essor du tourisme et la popularité croissante des plats de canard comme le *bebek betutu* (canard fumé farci), les cultivateurs font désormais payer aux éleveurs l'accès aux rizières.

Espèces marines

Reportez-vous p. 66 pour découvrir l'abondante vie marine autour de Bali et de Lombok.

Flore

Arbres

Les cultures recouvrent la majeure partie de l'île. Les arbres, qui, à l'instar de bien des choses à Bali, revêtent une importance spirituelle et religieuse, sont souvent ornés de foulards ou de tissus à carreaux noir et blanc (*kain poleng*, un vêtement dégageant une énergie spirituelle), marquant leur caractère sacré. Et aucun temple majeur ne serait digne d'intérêt sans son imposant *waringin* (banian), l'arbre le plus vénéré de Bali, qui fournit une ombre bienvenue. Impressionnantes, les racines aériennes tombant de ses branches s'ancrent dans la terre, donnant ainsi naissance à de nouveaux arbres. Les *jepun* (frangipaniers), dont les fleurs blanches dégagent une odeur sucrée, sont également répandus partout.

Bali compte 127 000 ha de forêts : espaces vierges, fermes forestières ou villages de montagne densément boisés. Ces forêts sont sous la

Le suivi d'une tortue caret durant l'année suivant sa venue sur Bali a permis de connaître ses destinations : Java, Kalimantan, l'Australie (Perth et une grande partie du Queensland), puis à nouveau Bali.

Malgré la construction de villas et les autres raisons ayant conduit à la disparition de rizières, la production de riz à Bali a battu un record en 2013 avec 822 115 tonnes. La consommation domestique étant de 455 000 tonnes, Bali exporte son riz. La préfecture la plus productive est Tabanan (27%) suivie par Gianyar (21%).

menace constante du braconnage – le bois étant employé pour sculpter des souvenirs et comme combustible –, mais aussi de l'exploitation.

Or Bali est couverte de forêts de mousson (plutôt que tropicales) et n'abrite donc guère ces précieuses essences en bois dur qui requièrent des précipitations toute l'année et suscitent le plus de convoitises. Pratiquement tout le bois utilisé pour les meubles et les sculptures haut de gamme provient donc de Sumatra et de Kalimantan.

De nombreuses plantes jouent un rôle important dans la vie de tous les jours. Ainsi, les usages des diverses variétés de *tiing* (bambou) sont nombreux, des brochettes pour les satay à la construction de complexes hôteliers de catégorie supérieure.

Fleurs et jardins

Les jardins balinais sont merveilleux. La terre et le climat y permettent la culture d'une large variété de plantes. Par ailleurs, le goût des Balinais pour la beauté, ajouté à l'abondance de main-d'œuvre bon marché, favorise l'entretien soigné du moindre espace de verdure. Le style reste généralement décontracté, avec des sentiers sinueux, une riche variété de plantes et, souvent, un point d'eau.

À Bali, vous trouverez une grande variété de fleurs, certaines saisonnières, d'autres se limitant aux zones de montagne. Beaucoup vous paraîtront familières : hibiscus, bougainvillée, poinsettia, laurier-rose, jasmin, nénuphar et aster sont en effet répandus dans le sud touristique de l'île.

LA CULTURE DU RIZ

La riziculture a façonné le paysage social, et l'organisation complexe qu'elle nécessite joue un rôle prépondérant dans la vie communautaire balinaise. Elle a également modifié le paysage naturel : arborant des teintes dorées, brunes et de plus en plus vertes, les rizières en terrasses s'étagent à flanc de collines telles des marches destinées à un géant. Certaines ont plus de 1 000 ans.

Le système villageois d'irrigation et de gestion de l'eau (*subak*) fait un usage très étudié de toutes les eaux de surface. Les rizières constituent un système écologique complet. Au petit matin, on voit souvent les gardiens de canards mener leurs bêtes dans les rizières inondées où elles mangent les insectes nuisibles qui pourraient endommager les cultures et laissent des engrais naturels dans leur sillage.

Les paysans inondent les champs moissonnés, laissant les tiges de riz brûlées, puis les labourent à plusieurs reprises, souvent avec deux bœufs tirant une charrue en bois. Une fois la terre suffisamment boueuse, ils délimitent une petite parcelle et y plantent le riz. Lorsque les pousses ont atteint une taille raisonnable, ils les repiquent une par une, dans un champ plus spacieux. En attendant que les plants parviennent à maturité, les villageois ont tout loisir de jouer pour le gamelan (orchestre traditionnel balinais), de profiter des spectacles de danse et de réaliser des sculptures sur bois. Enfin, le moment de la moisson venu, le village se rassemble pour une longue période de dur labeur, auquel tous prennent part (contrairement à la plantation, qui reste l'apanage des hommes).

En 1969, de nouvelles variétés de riz à haut rendement ont été introduites. Elles se récoltent un mois plus tôt et résistent à de nombreuses maladies. Cependant, ces nouvelles variétés ont des besoins accrus d'engrais et d'eau d'irrigation, ce qui met encore davantage en péril cette dernière ressource. La quantité accrue de pesticides nécessaires a causé la diminution des populations de grenouilles et d'anguilles qui dépendent des insectes pour leur survie.

Bien que tout le monde convienne que ces nouvelles variétés ne sont pas aussi savoureuses que le riz traditionnel, elles comptent maintenant pour plus de 90% du riz consommé. Toutefois, sur les petites parcelles, les paysans recourent encore aux modes de plantation et de récolte traditionnels pour plaire à la déesse du Riz, Devi Sri, et chaque rizière arbore sanctuaires et offrandes à son intention.

LA LIGNE WALLACE

Le naturaliste sir Alfred Wallace (1822-1913) a constaté, entre la faune de Bali et celle de Lombok, des différences aussi importantes qu'entre l'Afrique et l'Amérique du Sud. Remarquant notamment qu'il n'existe aucun grand mammifère (éléphants, rhinocéros ou tigres) à l'est de Bali, et fort peu de carnivores, il émet l'hypothèse suivante : durant la période glaciaire, alors que le niveau de la mer était bas, les animaux se sont rendus par voie terrestre de l'actuel continent asiatique jusqu'à Bali, mais les profondeurs du détroit de Lombok ont, depuis, constitué une barrière naturelle. Wallace trace alors une ligne de démarcation entre Bali et Lombok qui, selon lui, sépare biologiquement l'Asie de l'Australie.

Si la flore ne présente pas une rupture nette, il existe une transition graduelle entre les espèces typiques des forêts humides d'Asie et les plantes plutôt australiennes, telles que l'eucalyptus et l'acacia, capables de résister à de longues sécheresses (les précipitations diminuent en se rapprochant de l'est de Java). Aujourd'hui, on pense que les différences de milieux, y compris celles de la végétation sauvage, sont plus susceptibles d'expliquer la répartition des espèces animales que la théorie de Wallace.

Vous trouverez aussi des espèces plus rares : *ixora* (*soka* ou *angsoka*) javanaise, formant des grappes de fleurs rouge orangé ; *champak* (ou *cempaka*), une espèce odorante de la famille des magnolias ; flamboyant (poinciana royal) ; *manori* (ou *maduri*), aux utilisations traditionnelles multiples ; et liseron d'eau (*kangkung*), dont les feuilles sont consommées en légumes. Enfin, il existe littéralement des milliers d'orchidées.

Grâce au climat de l'île, un jardin planté aujourd'hui paraît arrivé à maturité – y compris les grands arbres qui font de l'ombre – en 2-3 ans à peine. Vous pourrez constater la générosité de cette nature dans les jardins botaniques de Bali (p. 226), le jardin d'orchidées (p. 112) et dans les nombreuses pépinières au nord de Sanur et sur la route de Denpasar.

Écologie

L'essor rapide de la population, les ressources limitées, la pression du nombre croissant de visiteurs et le manque de réglementations écologiques font de Bali et de Lombok des endroits hautement menacés.

Bali

Certaines des préoccupations environnementales liées à Bali vont au-delà de l'île elle-même : le changement climatique provoque la montée des eaux qui nuit au littoral et aux plages.

Dans le même temps, l'accroissement rapide de la population augmente la pression sur des ressources limitées. L'industrie touristique attire de nouveaux résidents, et les zones urbaines s'étendent, avec des complexes hôteliers et des villas qui empiètent sur les terres arables. Parmi les principales préoccupations figurent :

Eau C'est un problème majeur. Les hôtels de catégorie supérieure consomment en moyenne de 1 000 à 1 500 l d'eau par jour et par chambre, et le nombre croissant de terrains de golf – comme ceux de l'aride péninsule de Bukit, dans le complexe de Pecatu Indah et à Nusa Dua – puisent de façon intensive dans des ressources déjà trop sollicitées.

Pollution de l'eau La situation, préoccupante, est sous le double effet du déboisement dû aux récoltes de bois de chauffage dans les montagnes, et de l'absence de traitement convenable des eaux usées de la population balinaise. Dans des endroits populaires comme Double Six Beach à Legian, les cours d'eau qui se déversent dans l'océan sont très pollués, souvent par les eaux usées des hôtels. Les vastes mangroves situées le long du littoral sud, près de Benoa Harbour, n'arrivent plus à filtrer l'eau qui s'écoule depuis une grande partie de l'île et sont elles-mêmes menacées par le développement.

EAU PRÉCIEUSE

Une étude récente indique qu'une chambre d'hôtel moyenne dans le sud de Bali, lorsqu'elle est occupée, consomme 1 000 à 1 500 litres d'eau par jour (occupants et services). Par comparaison, un habitant utilise moins de 120 litres par jour pour tous ses besoins.

Pollution atmosphérique Ceux qui se sont retrouvés coincés derrière le pot d'échappement d'un camion ou d'un bus sur l'un des axes principaux s'en sont aperçus, le sud de Bali est souvent envahi de smog. Du haut des collines, on aperçoit cette région coiffée d'un nuage sombre.
Déchets Le problème ne se limite pas aux sacs et aux bouteilles en plastique, mais s'étend au volume des déchets, grandissant à mesure que s'accroît la population. Les Balinais se désolent à la vue des énormes quantités de déchets – notamment de plastique – qui s'accumulent dans leurs rivières. "Autrefois, je nageais ici", nous confie ainsi un chauffeur en regardant la rivière pleine de sacs en plastique près de la maison de son enfance.

Toutefois, la culture bio du riz et d'autres produits alimentaires a fait son apparition, ce qui réduit la quantité de pesticides et d'engrais évacués dans l'eau. Un programme de traitement des eaux fonctionne enfin dans certains endroits du sud de Bali, mais les entreprises refusent de s'y connecter pour des raisons de coût.

À Pemuteran et Gili Trawangan, des programmes de culture artificielle de récifs ont été universellement salués. C'est un grand pas, une étude réalisée par le WWF ayant démontré que moins de 5% des récifs balinais sont en bonne santé.

Lombok

À Lombok, la ruée vers l'or qui se poursuit dans la ville de Sekotong conduit à un désastre écologique. L'utilisation de mercure dans les exploitations aurifères à ciel ouvert crée d'énormes dégâts dans des régions autrefois intactes telles que Kuta.

L'érosion côtière touche autant Lombok que Bali. Naturellement, les îles Gili sont aussi concernées, mais les récifs qui les entourent se remettent rapidement, le tourisme ayant entraîné d'intenses efforts de préservation.

Bali et Lombok pratique

Carnet pratique

Alimentation

Pour tout savoir sur la cuisine balinaise, voir p. 332.

Catégories de prix

Les catégories de prix suivantes s'entendent pour un plat standard, taxes et pourboires inclus.

$ moins de 60 000 Rp (moins de 4 €)

$$ 60 000 Rp-250 000 Rp (4-20 €)

$$$ plus de 250 000 Rp (plus de 20 €)

Ambassades et consulats

Les ambassades sont regroupées à Jakarta, capitale de l'Indonésie. La plupart des représentations étrangères à Bali sont des agences consulaires qui n'offrent pas les mêmes services que les consulats. Pour la plupart des nationalités, cela signifie un voyage jusqu'à Jakarta en cas de perte de passeport ou de prolongation de visa.

Les ambassades et consulats indonésiens sont listés sur le site du **ministère des Affaires étrangères** (www.kemlu.go.id), sous la rubrique "Mission".

AMBASSADES ET CONSULATS ÉTRANGERS EN INDONÉSIE

Bali

Seuls les États-Unis, l'Australie et le Japon ont un consulat officiel à Bali.

Australie (carte p. 122 ; ☎0361-241118 ; www.bali.indonesia.embassy.gov.au ; Jalan Tantular 32, Denpasar ; ⌚8h-16h lun-ven). Le consulat australien a signé un partenariat avec le Canada.

France (☎0361-473 0834 ; consul@dps.centrin.net.id ; Jalan Umalas 1 n°80 Kerobokan, Kuta 80117 ; ⌚9h-12h lun-ven). Consulat honoraire à Bali.

Suisse (☎0361-264 149 ; bali@honrep.ch ; Jalan Ganetri 9 D Gatot Subroto Timur, Denpasar 80235 ; ⌚9h-13h lun-ven). Consulat honoraire à Bali.

Jakarta

Voici quelques-unes des ambassades à Jakarta (code régional ☎021) :

France (☎2355 7600 ; www.ambafrance-id.org ; Jalan MH Thamrin 20, Jakarta Pusat 10350)

Belgique (☎316 2030 ; www.diplomatie.be ; Deutsche Bank Building, 16e étage, Jalan Imam Bonjol 80, 10310 Jakarta)

Suisse (☎525 6061 ; www.eda.admin.ch/jakarta ; Jalan H. R. Rasuna Said, Block X 3/2, Kuningan, Jakarta-Selatan 12950)

Canada (☎2550 7800 ; www.canadainternational.gc.ca ; World Trade Centre I, 6e étage, Jalan Jend Sudirman Kav 29-31, Jakarta 12920)

AMBASSADES ET CONSULATS INDONÉSIENS À L'ÉTRANGER

Quelques pays accueillant des ambassades indonésiennes :

France (☎01 45 03 07 60 ; www.amb-indonesie.fr ; 47-49 rue Cortambert, 75116 Paris) ; consulat général (☎04 91 23 01 63/60 ; www.cons-indonesie.fr ; 25 bd Carmagnole, 13008 Marseille)

BALI ET LOMBOK PRATIQUE

- Il est difficile de se procurer la presse francophone à Bali, hormis *La Gazette de Bali* (voir p. 17), mensuel édité par des expatriés français.
- Parmi les radios de Bali, Gema Merdeka (97.7 FM), qui diffuse souvent de la musique balinaise, est la plus prisée des insulaires.
- L'Indonésie utilise le système vidéo PAL, comme la plupart des pays d'Europe, incluant la France.
- L'Indonésie a adopté le système métrique.

Belgique (☎02 771-2014 ; www.embassyofindonesia.eu ; avenue de Tervuren 294, 1150 Woluwe-Saint-Pierre, Bruxelles)

Suisse (☎031 352 09 83/85 ; www.indonesia-bern.org ; Elfenauweg 51, 3006 Berne)

Canada (☎613-724 1100 ; www.indonesia-ottawa.org ; 55 avenue Parkdale, Ottawa, Ontario K1Y 1E5) ; représentant d'Indonésie (☎514-954 5067, 700 rue de la Gauchetière Ouest, Suite 2430, Montréal, H3B 4L5)

L'ART DE MARCHANDER

De nombreux achats se prêtent au marchandage à Bali et Lombok. Les prix des hôtels sont fixes, mais vous pouvez essayer de négocier durant la basse saison ou pour un séjour de plusieurs jours. Le prix des articles est fixe dans les grands magasins, les supermarchés et les magasins d'alimentation. Partout ailleurs, préparez-vous à négocier.

Essayez de prendre le marchandage comme un jeu et de toujours garder votre sens de l'humour. Voici quelques conseils :

- Faites-vous une idée de la valeur de l'article.
- Déterminez un prix de départ – mieux vaut demander le prix au vendeur avant de faire une offre.
- Votre première offre peut s'élever entre un tiers et les deux tiers du prix demandé – à supposer que ce prix ne soit pas exagéré.
- De propositions en contre-propositions, approchez-vous d'un prix acceptable.
- Si le prix proposé ne vous convient pas, rien ne vous empêche de partir. Le vendeur vous rattrapera peut-être pour vous faire une offre plus intéressante.
- Lorsque vous avancez un prix, vous vous engagez à acheter l'article si l'offre est acceptée.

Argent

L'unité monétaire en Indonésie est la rupiah (Rp). Il existe des pièces de 50, 100, 500 et 1 000 Rp et des billets de 2 000 Rp, 5 000 Rp, 10 000 Rp, 20 000 Rp, 50 000 Rp et 100 000 Rp.

Gardez toujours une bonne quantité de rupiahs en petites coupures avec vous, car, dans l'île, les gens n'ont pas toujours la possibilité de rendre la monnaie sur un billet de 50 000 Rp ou plus.

Cartes bancaires

Les cartes Visa, MasterCard et Amex sont acceptées par les entreprises liées au tourisme. Vérifiez si la carte de crédit est acceptée dans l'établissement où vous comptez faire des achats.

Change

Le dollar américain est la devise la plus facile à changer. Ayez si possible des billets neufs de 100 $.

Quelques conseils pour éviter les escroqueries :

- Consultez le taux de change en cours sur Internet. Toute personne offrant un meilleur taux devra forcément réaliser un profit par d'autres moyens.
- Cantonnez-vous aux banques, bureaux de change de l'aéroport ou aux grandes agences renommées telles que Central Kuta Money Exchange (www.centralkutabali.com), qui compte des bureaux dans le sud de Bali et à Ubud.
- Fuyez les endroits qui offrent un taux de change trop avantageux, sans frais ni commissions.
- Évitez les bureaux de change dans les ruelles et autres endroits louches (cela semble évident, mais de nombreux touristes se font avoir tous les jours).
- Escroqueries les plus courantes : calculatrices truquées, tours de passe-passe, "erreurs" sur les taux affichés et employés qui exigent d'abord vos espèces avant que vous n'ayez compté la somme donnée en échange.
- Utilisez un distributeur automatique pour obtenir vos rupiahs.

RÉSERVATION EN LIGNE

Trouvez un vol, un séjour ou un hôtel en quelques clics dans la rubrique "Réserver" de www.lonelyplanet.fr.

Chèques de voyage

Ils sont devenus inutilisables.

Distributeurs automatiques de billets (DAB)

On trouve des distributeurs, appelés ATM (Automated Teller Machines), partout à Bali et dans les zones non-rurales de Lombok, à l'exception de Nusa Lembongan et Gili Meno. La plupart accepteront votre carte de retrait internationale et les principales cartes de

NOUVELLE DÉNOMINATION DE LA RUPIAH

L'Indonésie prévoit de changer la dénomination de la rupiah en retirant trois chiffres à la monnaie, mais le calendrier de cette mesure fait débat depuis des années. Ainsi, le billet de 20 000 Rp passerait à 20 Rp. La valeur d'échange des nouveaux billets resterait inchangée. Modifier la monnaie nationale sera probablement un processus long et complexe qui aura de nombreuses répercussions sur les voyageurs :

De nouveaux billets seront introduits, identiques aux billets actuels à l'exception des trois derniers zéros, manquants. À long terme, ils seront redessinés.

Le gouvernement souligne que les billets actuels conserveront leur valeur (le billet de 100 000 Rp aura la même valeur que le nouveau de 100 Rp). Toutefois, reste à voir comment cela se passera dans la pratique.

Il faudra probablement des années pour que les listes de prix et les systèmes informatiques soient entièrement mis à jour. Ce sera donc aux clients de s'assurer qu'ils payent le prix juste.

Pour éviter l'agitation des marchés financiers, l'introduction de la nouvelle dénomination se fera probablement de façon discrète.

La Banque d'Indonésie a annoncé en 2014 que les anciens billets resteront valables au moins 6 ans après l'introduction des nouveaux.

crédit pour les avances en espèces.

- Les taux de change des retraits auprès des ATM sont assez bons, mais renseignez-vous bien sur les frais (parfois très onéreux) facturés par votre banque lorsque vous faites des retraits à l'étranger.
- La plupart des ATM autorisent un retrait maximal de 1 000 000 Rp.
- Des ATM portent l'autocollant "50 000 Rp ou 100 000 Rp", cela signifie qu'ils ne distribuent que ces billets (il est plus facile de faire de la monnaie sur le premier).
- La plupart des ATM distribuent l'argent avant de rendre la carte, prenez garde à ne pas oublier cette dernière.

Pourboires

S'il n'est pas d'usage d'accorder un pourcentage de l'addition, on peut néanmoins laisser au moins 5 000 Rp ou un minimum de 10%.

- La plupart des hôtels et restaurants de catégorie moyenne, ainsi que tous ceux de catégorie supérieure, facturent 21% en sus pour le service et la taxe gouvernementale (appelée "plus plus"). Ce pourcentage est distribué au personnel (en principe).
- Remettez le pourboire directement aux membres du personnel que vous souhaitez récompenser.
- N'oubliez pas non plus de laisser un petit quelque chose aux chauffeurs de taxi, guides, masseurs, serveurs qui vous apportent à boire sur la plage, etc. De 5 000 Rp à 10 000 Rp, ou 10% à 20% du total des frais, constitue un pourboire généreux.

Assurance

À moins d'être sûr et certain que votre assurance vous couvre à Bali, n'hésitez pas à prendre une assurance voyage, et pensez à emporter un exemplaire de votre contrat. Choisissez une assurance qui prendra en charge les frais de rapatriement.

Certaines polices d'assurance ne couvrent pas les "activités dangereuses" comme la plongée, la location d'un deux-roues ou même la randonnée. Un permis moto acquis sur place n'a pas de validité pour certaines assurances. Voir aussi *Assurance* dans le chapitre *Santé*, p. 390.

Bénévolat

Il existe quantité de façons d'aider son prochain à Bali et à Lombok. Sources d'information disponibles :

- **Bali Advertiser** (www.baliadvertiser.biz). Regardez dans l'onglet "Community Groups".
- **Bali Spirit** (www.balispirit.com/ngos)

Des associations d'Ubud viennent en aide aux chiens de Bali (voir p. 170).

Sur place

Les organisations suivantes ont besoin de dons, de matériel et, souvent, de volontaires.

Bali Children's Project (www.balichildrensproject.org). Fonds pour l'éducation, cours d'anglais et d'informatique.

East Bali Poverty Project (☎0361-410071 ; www.eastbalipovertyproject.org). Aide les enfants pauvres des villages des montagnes de l'est

Climat

Denpasar

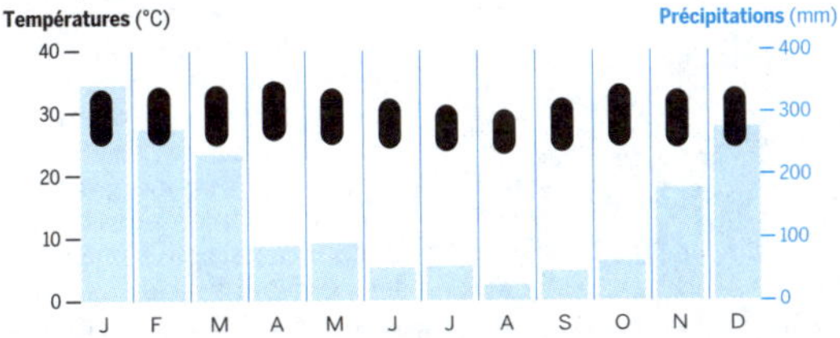

de Bali (voir p. 217). Professeurs d'anglais demandés.

Friends of the National Parks Foundation (☎0361-977978 ; www.fnpf.org ; Jl Bisma, Ubud). Programmes de bénévolat à Nusa Penida.

Gus Bali (www.gus-bali.org). Sensibilisation écologique à Bali ; organise des nettoyages des plages ouverts à tous.

IDEP (Indonesian Development of Education & Permaculture ; ☎0361-294993 ; www.idep-foundation.org). Projets environnementaux, sociaux, etc., dans toute l'Indonésie.

JED (Village Ecotourism Network ; ☎0361-366 9951 ; www.jed.or.id ; circuits à partir de 75 $US). Organise des visites (certaines avec hébergement) de petits villages très appréciées. A souvent besoin de volontaires pour améliorer ses services et travailler avec les villageois.

ProFauna (www.profauna.net). L'antenne à Bali de cette ONG de protection des animaux a pris des positions très engagées pour protéger les tortues de mer. Elle a besoin de bénévoles pour aider au repeuplement des espèces.

ROLE Foundation (www.rolefoundation.org). Œuvre pour améliorer le bien-être et l'autonomie des communautés défavorisées de Bali. Projets environnementaux.

Smile Foundation of Bali (Yayasan Senyum ; ☎0361-233758 ; www.senyumbali.org). Fait opérer des personnes atteintes de déformations faciales et gère le **Smile Shop** (carte p. 148 ; ☎0361-233758 ; www.senyumbali.org ; Jl Sriwedari ; ⏲10h-22h), à Ubud, afin de récolter des fonds.

Yayasan Rama Sesana (☎0361-247363 ; www.yrsbali.org). Se consacre à l'amélioration de la santé des femmes balinaises.

Yayasan Bumi Sehat (☎0361-970002 ; www.bumisehatbali.org). Gère une clinique de réputation internationale et des services de sages-femmes pour les femmes défavorisées à Ubud ; accepte le bénévolat de professionnels de la médecine.

YKIP (Humanitarian Foundation of Mother Earth ; ☎0361-761208 ; www.ykip.org). Fondé après les attentats de 2002, YKIP développe et finance des projets dédiés à la santé et à l'éducation des enfants balinais.

En France

En France, quelques organismes offrent des opportunités de travail bénévole sur des projets de développement ou d'environnement à Bali ou en Indonésie, parfois sur des périodes courtes, de une à quatre semaines. Certaines associations s'adressent plus spécifiquement aux jeunes. Les chantiers proposés vont de la réfection d'une école aux travaux liés à l'environnement. Il s'agit d'une bonne formule pour s'immerger dans le pays, connaître l'envers du décor touristique et bénéficier d'une ambiance internationale (les volontaires viennent de divers pays en général). En revanche, les conditions de vie sur un chantier sont spartiates, et prenez garde au décalage fréquent entre le programme et la réalité. La fouille archéologique peut rapidement se transformer, une fois sur place, en coup de peinture donné à la maison des jeunes locale. Le matériel est parfois rudimentaire, et la réalité du terrain souvent plus dure qu'on ne l'imaginait.

Voici quelques organismes à connaître :

Comité de coordination pour le service volontaire international (CCVIS ; ☎01 45 68 49 36 ; www.unesco.org/ccivs)

Maison de l'Unesco (☎01 45 68 10 00, www.unesco.org, 1 rue Miollis, 75015 Paris)

Jeunesse et Reconstruction (☎01 47 70 15 88 ; www.volontariat.org ; 8-10 rue de Trévise, 75009 Paris)

Solidarités Jeunesses (☎01 55 26 88 77 ; www.solidaritesjeunesses.org ; 10 rue du 8-Mai-1945, 75010 Paris)

Cartes et plans

Periplus Travel Maps propose une carte correcte de Bali (1/250 000), avec une section détaillée du sud de l'île, ainsi que les cartes des principales agglomérations. Néanmoins, les noms de villes sont parfois incompréhensibles. La carte *Lombok & Sumbawa* du même éditeur peut être utile. Vous les trouverez dans la plupart des librairies de Bali. Les cartes de Google et d'Apple sont en général précises, même s'il manque parfois certaines indications.

Cours de langue

La plupart des visiteurs apprennent au moins les rudiments de *bahasa indonesia*. Dans le sud de Bali et à Ubud, les offres de cours de langue côtoient les offres de logements à louer.

Indonesia Australia Language Foundation (IALF ; ☎0361-225243 ; www.ialf.edu ; Jl Raya Sesetan 190, Denpasar). Les meilleurs cours de *bahasa indonesia*.

Seminyak Language School (carte p. 72 ; ☎0361-733342 ; www.learnindonesianinbali.com ; Jl Raya Seminyak 7, Seminyak). Apprécié des visiteurs, emplacement pratique au bout d'une allée près du supermarché Bintang.

Douanes

L'importation de drogue, d'armes, de fruits frais et de tout ce qui peut être considéré comme de la pornographie est interdite en Indonésie.

Articles autorisés :

- 200 cigarettes (ou 50 cigares ou encore 100 g de tabac)
- une "quantité raisonnable" de parfum
- 1 l d'alcool

Les surfeurs transportant plus de 2 ou 3 planches sont parfois taxés, et d'autres articles peuvent être taxés si les douaniers vous soupçonnent de vouloir les vendre en Indonésie.

Les devises étrangères ne sont soumises à aucune restriction, mais l'importation ou l'exportation de rupiahs est limitée à 5 000 000 Rp. Tous les montants supérieurs doivent être déclarés.

Électricité

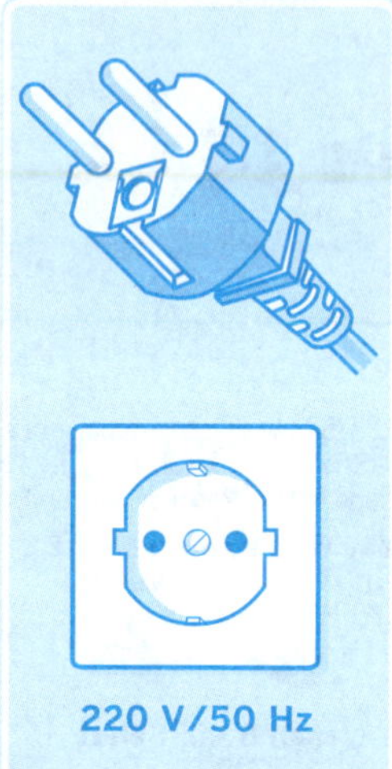

Formalités et visas

Les conditions d'entrée à Bali changent régulièrement.

Quel que soit le type de visa que vous utiliserez, votre passeport doit être valide pendant au moins six mois après votre date d'arrivée.

Voici les principaux visas existants pour l'Indonésie :

- **Visa à l'avance** "Visa in Advance" : les visiteurs peuvent faire une demande avant leur départ pour l'Indonésie s'il s'agit d'un visa touristique de 30 ou 60 jours. Les procédures varient d'un pays à l'autre, aussi contactez l'ambassade ou le consulat indonésien le plus proche de votre domicile. Notez que c'est souvent le seul moyen d'obtenir un visa touristique de 60 jours, même si vous remplissez les conditions pour un "visa à l'arrivée".
- **Visa à l'arrivée** "Visa on Arrival ; VOA" : les citoyens de plus de 60 pays (incluant la France, la Belgique, le Canada et la Suisse) peuvent faire une demande de visa de 30 jours à leur arrivée à l'aéroport de Bali ou de Lombok. Ce visa coûte 35 $US ; prévoyez le montant exact en dollars américains (possibilité de changer vos euros au taux de change du jour, l'opération est rapide). Ces visas peuvent être renouvelés sur place pour 30 jours supplémentaires. Si vous ne remplissez pas les conditions requises, vous devrez vous procurer un "visa à l'avance".

Quel que soit votre visa, on vous remettra à l'arrivée une carte touristique (si vous avez obtenu un visa à l'avance de 60 jours, assurez-vous que l'agent de l'immigration vous donne bien une carte touristique de la même durée). Rangez votre carte touristique avec votre passeport, car vous devrez la montrer à votre retour.

Dépasser la date d'autorisation de séjour, ne serait-ce que d'une journée, vous vaudra très probablement une amende (300 000 Rp/jour) et des tracas administratifs.

Avant le départ, il est impératif de contacter les ambassades et les consulats pour s'assurer que les modalités d'entrée sur le territoire n'ont pas changé. Nous vous conseillons de scanner ou de photocopier tous vos documents importants (pages d'introduction de votre passeport, cartes de crédit, police d'assurance, billets de train/d'avion/de bus, permis de conduire, etc.). Conservez ces copies à part des originaux. Vous remplacerez ainsi plus aisément ces documents en cas de perte ou de vol.

Handicapés

Bali n'est pas la destination la plus simple pour les personnes à mobilité réduite.

Les transports publics ne sont pas accessibles

PROROGATION DE VISA

Il est possible de faire proroger une fois un visa de 30 jours obtenu à l'arrivée. Mais c'est compliqué.

➡ Sept jours au moins avant l'expiration de votre visa, rendez-vous au **bureau de l'immigration de Kuta** (carte p. 57 ; Jl Ngurah Rai Bypass , Tuban ; ⌚8h-16h lun-ven), situé tout près de la rocade à Tuban (et non à Kuta), près de la station-service Pertimina, côté ouest.

➡ Munissez-vous de votre passeport, d'une photocopie de votre passeport et d'une copie de votre billet de départ d'Indonésie (dont la date doit tomber durant cette période de prorogation).

➡ Payez un droit de 250 000 Rp.

➡ Donnez une adresse à Kuta (dire "Je séjourne aux îles Gili" vous ferait envoyer à Lombok ; "Ubud" vous ferait envoyer à Denpasar).

➡ Vous devrez peut-être retourner au bureau une seconde fois.

Pour éviter ces tracas, vous pouvez recourir à une agence comme **ChannelOne** (carte p. 72 ; ☎0361-780 4047 ; www.channel1.biz ; Jl Sunset Road 100X, Kerobokan), qui effectuera ces démarches moyennant finances.

aux personnes à mobilité réduite, pas plus que les minibus utilisés pour les navettes touristiques et par les voyagistes. Les hôtels et résidences sont rarement équipés de rampes d'accès et d'aménagements spécifiques. Vous aurez plus de chance avec les chaînes internationales, mais il faut les prévenir de vos besoins en la matière. Dans la rue, les trottoirs, quand il y en a, sont souvent étroits, accidentés et encombrés.

L'**APF** (Association des paralysés de France ; ☎01 40 78 69 00 ; www.apf.asso.fr ; 17 bd Auguste-Blanqui, 75013 Paris) et l'association **Handi Voyages** (handivoyages.free.fr) peuvent fournir des informations utiles sur les voyages accessibles. L'association **Ailleurs & Autrement** (www.ailleursetautrement.fr) organise des voyages adaptés aux personnes à mobilité réduite. **Yanous** (www.yanous.com) et **handicap.fr** (www.handicap.fr) constituent également de bonnes sources d'information.

Hébergement

Bali offre un très grand choix d'hébergements : approximativement 30 000 chambres d'hôtel et des dizaines de milliers de *guesthouses*, de villas, etc. Le rapport qualité/prix est en général excellent, quel que soit votre budget. Les régions touristiques de Lombok et des îles Gili offrent le même type d'adresses que Bali. Dans les zones rurales de Lombok, l'hébergement est plus rustique et plus limité.

Tous les logements sont soumis à une taxe de 21% (appelée "plus plus"), souvent incluse dans les adresses bon marché, mais mieux vaut s'en assurer. De nombreux établissements des catégories moyenne et supérieure la comptent en supplément.

Les tarifs mentionnés dans ce guide sont ceux de la haute saison, taxes comprises. Il est difficile d'établir une échelle des prix, car certains établissements affichent les tarifs qu'ils prévoient effectivement appliquer, tandis que d'autres annoncent des montants purement fantaisistes, s'attendant de toute façon à les réduire de 50%.

Les tarifs sont à peu près toujours négociables, surtout en dehors de la haute saison. En basse saison, la plupart des hôtels des catégories moyenne et supérieure proposent des réductions de 30 à 50%. À Bali, la fréquentation touristique record ces dernières années s'est traduite par une forte augmentation des prix.

Hôtels

La majorité des hôtels de Bali et de Lombok organisent des excursions, louent des voitures et offrent quantité de services. Tous proposent un service de laverie, souvent bon marché et parfois gratuit.

PETITS BUDGETS

À Bali et à Lombok, les hébergements pour les voyageurs à petit budget sont basiques, mais propres et confortables. Le nom de ces établissements inclut souvent le terme *losmen*

CATÉGORIES DE PRIX

Les catégories de prix référencées s'entendent pour une chambre double avec sdb. Sauf indication contraire, les taxes sont incluses.

$ moins de 500 000 Rp (environ 40 €)

$$ 500 000-1 500 000 Rp (40-120 €)

$$$ plus de 1 500 000 Rp (plus de 120 €)

DES HÔTELS TROP ÉLOIGNÉS

Lorsque vous réservez un hôtel dans le sud de Bali, attention à son emplacement.

Le nombre de touristes a explosé à Bali, et avec lui le nombre des chaînes hôtelières. Rien qu'en 2013, le nombre de chambres d'hôtel y est passé de 24 000 à 30 000. Le boom de la construction de grands hôtels à Kuta, Legian, Seminyak et maintenant Kerobokan transforme considérablement le caractère de la région, à mesure que les nombreuses auberges familiales, bon marché et accueillantes, sont remplacées.

Si certains de ces nouveaux établissements voient le jour dans des régions du sud de Bali habituellement fréquentées par les touristes, près des plages et de la vie nocturne, la plupart en sont bien éloignés. De nombreuses chaînes possèdent des hôtels dans des zones touristiques mais aussi dans des endroits peu fréquentés, et il arrive souvent que la réservation en ligne soit trompeuse. Les agents immobiliers désignent désormais par "Seminyak" les hôtels situés entre Seminyak et Denpasar (les limites de Denpasar ayant fusionné avec Sanur, Kuta, Seminyak et Kerobokan).

Quand vous trouvez une offre fantastique à 30 $US pour une chambre de catégorie moyenne, vérifiez bien les éléments suivants :

- À l'ouest de l'axe Jl Legian-Jl Seminyak-Jl Kerobokan, les plages et la vie nocturne sont proches.
- À l'est de cet axe, les choses se compliquent rapidement. Moins de sites sont accessibles à pied, les plages peuvent être éloignées et les taxis rares.
- Jl Ngurah Rai Bypass et Jl Sunset sont de grands axes bruyants, sans charme et difficiles à traverser. Beaucoup de nouvelles chaînes sont installées le long de ces grandes artères.
- À l'est de Jl Ngurah Rai Bypass et de Jl Sunset, on s'enfonce dans la banlieue de Denpasar où il est difficile de trouver un taxi ou une quelconque curiosité.
- À Sanur, où les chaînes hôtelières fleurissent aussi, Jl Ngurah Rai Bypass doit être votre ultime frontière côté ouest.
- En faisant attention, il est possible de trouver de bonnes offres dans les parties les plus intéressantes du sud de Bali, et souvent même de dénicher une petite *guesthouse* familiale ayant infiniment plus de charme qu'un hôtel bon marché lambda.

(petit hôtel, souvent tenu par une famille), *homestay*, *inn* ou encore *pondok*. Ils sont souvent construits dans le style des maisons balinaises.

Des hôtels petits budgets existent partout à Bali (un peu moins à Lombok), et leur prix et leurs services sont très variables.Vous pouvez vous attendre à :

- la climatisation (parfois)
- l'eau chaude (parfois)
- une sdb avec douche et toilettes à l'occidentale
- une piscine (souvent)
- un petit-déjeuner basique
- un personnel très aimable

Les chaînes internationales pour petits budgets ont réalisé une entrée remarquée dans le sud de Bali. Sachez néanmoins qu'une chambre à 9 $US atteint rapidement les 40 $US lorsqu'on y ajoute les diverses taxes et les suppléments inclus ailleurs, tels que l'accès à Internet et les serviettes.

CATÉGORIE MOYENNE

Les hôtels de catégorie moyenne consistent souvent en des bungalows à la balinaise (ou à étage) installés dans un vaste terrain avec piscine. Le cadre est souvent ravissant. Outre les prestations offertes dans un hôtel petits budgets, vous pouvez espérer :

- un balcon, une véranda ou un patio
- une TV satellite
- un petit réfrigérateur
- le Wi-Fi (souvent)

CATÉGORIE SUPÉRIEURE

Ces hôtels sont d'excellente qualité. Le service est professionnel et l'aménagement intérieur souvent digne d'une revue de décoration. Ils offrent en outre les prestations suivantes :

- une vue – sur l'océan, des vallées verdoyantes et des rizières, des jardins privés
- un spa
- une piscine privée (parfois)

Villas

Les villas poussent comme des champignons dans le

sud de Bali et à Ubud et commencent à apparaître dans l'Est. Le plus souvent, elles apparaissent comme par enchantement au milieu des rizières. Ce boom de la construction est controversé tant pour des raisons écologiques qu'esthétiques et économiques. Nombre de ces villas ne réclament pas les taxes gouvernementales à leurs clients, ce qui provoque la colère de leurs concurrents de l'hôtellerie de luxe.

Les grandes villas où séjourner avec une bande d'amis se trouvent surtout dans la région de Canggu. D'autres villas plus petites et intimes peuvent faire partie d'un lotissement – courant à Seminyak et Kerobokan – ou d'un hôtel de catégorie supérieure. Vous aurez droit à :

- un jardin privé
- une piscine privée
- une cuisine
- une chambre climatisée
- un espace commun en plein air

Et éventuellement :

- du personnel (cuisinier, chauffeur, personnel de ménage)
- un jardin luxuriant
- un espace privé devant la plage
- un certain isolement (plaisant ou non)

Les tarifs s'échelonnent entre moins de 200 $US/nuit pour une modeste villa et 2 000 $US/semaine, et plus, pour jouir de son propre domaine tropical. On peut souvent discuter les prix, en particulier en basse saison et, à plusieurs couples, la location devient très abordable.

S'il est possible d'économiser en réservant à la dernière minute, les meilleures villas sont parfois louées des mois à l'avance pendant la haute saison.

AGENCES DE VILLAS DE VACANCES

Les sites Internet comme homeaway.com et airbnb.com sont pratiques, mais la plupart des propriétés n'ont pas de permis. Ce marché non réglementé a ses avantages et ses inconvénients. Voici quelques agences locales :

Bali Discovery (☎0361-286 283 ; www.balidiscovery.com). Villas et hôtels.

Bali Private Villas (☎0361-316 6455 ; www.baliprivatevillas.com)

Bali Tropical Villas (☎0361-732 083 ; www.bali-tropical-villas.com)

AVANT DE LOUER UNE VILLA

Il existe une multitude d'agences de location, certaines à recommander, d'autres non. L'essentiel est d'être aussi clair que possible sur vos souhaits. Quelques questions à poser :

- À quelle distance la villa se trouve-t-elle de la plage et des commerces ?
- Y a-t-il une voiture et/ou un service de chauffeur inclus ?
- Y a-t-il un cuisinier ? La nourriture est-elle incluse ?
- L'électricité est-elle comprise ou en supplément ?
- Le ménage est-il inclus ou en supplément ?
- Le lavage du linge est-il inclus ?
- Quelles sont les règles de remboursement de la caution, habituellement de 50% ?
- Y a-t-il le Wi-Fi ?

Longs séjours

Pour des séjours plus longs, on trouve assez facilement des appartements loués de 250 à 1 000 € par mois. Cherchez notamment sur :

- Les groupes Facebook. Les mots clés "locations à Bali" et "chambres à louer Bali" donnent de bons résultats. Essayez aussi des noms de groupes tels que "[nom de la ville] logement".
- Bali Advertiser (www.baliadvertiser.biz).
- Le site Internet local www.banjartamu.org.
- Les tableaux d'affichage des cafés fréquentés, tels que Bali Buda à Ubud et Umalas, et les nombreuses enseignes Cafe Moka. Les supermarchés Bintang de Seminyak et Ubud sont aussi un bon choix.
- Le bouche-à-oreille. Dites à vos nouveaux amis balinais que vous cherchez à louer, ils connaissent certainement un endroit.

Séjourner dans un village

Le réseau d'écotourisme **JED** (Village Ecotourism Network ; ☎0361-366 9951 ; www.jed.or.id ; circuits à partir de 75 $) est l'une des meilleures façons d'organiser un séjour dans un village. Autre choix intéressant, le **Bali Homestay Program** (☎0817 067 1788 ; www.bali-homestay.com ; Jegu ; ch à partir de 20 $US/nuit), au nord de Tabanan.

Heure locale

Bali et Lombok sont à l'heure de l'Indonésie centrale (Waktu Indonesian Tengah ou WIT) qui a 8 heures d'avance sur l'heure universelle GMT. Java a 1 heure de retard sur Bali et Lombok.

Ainsi, lorsqu'il est midi à Paris, il est 18h (horaires d'été) ou 19h (horaires d'hiver) à Bali et Lombok. Lorsqu'il est midi à Montréal, il est 11h le lendemain matin (horaires d'été) ou midi (horaires d'hiver) à Bali et Lombok.

Heures d'ouverture

Les horaires habituels sont les suivants :

Administration 8h-15h lundi-jeudi, 8h-12h vendredi (mais pas partout)

Banques 8h-14h lundi-jeudi, 8h-12h vendredi, 8h-11h samedi

Boutiques et services destinés aux touristes 9h-20h tous les jours

Poste 8h-14h lundi-vendredi ; plus tard dans les zones touristiques

Restaurants et cafés 8h-22h tous les jours

Homosexualité

Les voyageurs homosexuels rencontrent rarement des difficultés à Bali et de nombreux artistes expatriés s'affichent plus ou moins ouvertement gays. Le contact physique entre personnes du même sexe est généralement accepté et il est fréquent de voir des amis du même sexe se tenir par la main (ce qui ne signifie pas qu'ils sont homosexuels).

De nombreuses adresses réunissent les homosexuels, surtout à Seminyak, mais il n'existe aucun établissement réservé aux gays et encore moins aux lesbiennes. Dans l'archipel, les homosexuels sont appelés *homo* ou *gay*, qu'on ne confond pas avec les *waria* (travestis ou transsexuels).

De nombreux gays de tout le pays viennent vivre à Bali, car les habitants sont plus tolérants et les occasions de rencontres plus nombreuses.

À Lombok, les démonstrations publiques d'affection sont fortement déconseillées, aussi bien entre homosexuels qu'entre hétérosexuels.

Gaya Dewata (www.gayadewata.com). Association gay de Bali.

Internet (accès)

Les centres Internet sont peu courants, mais vous en trouverez quelques-uns à Kuta et Gili Trawangan.

À l'exception des endroits isolés, les hôtels proposent généralement un accès Wi-Fi dans les chambres. De nombreux cafés et restaurants ont aussi le Wi-Fi gratuit. En dehors du sud de Bali et d'Ubud, la connexion peut être lente.

Une bonne partie de Bali et quelques endroits à Lombok sont dotés de réseaux 3G.

La loi indonésienne impose aux fournisseurs Internet de censurer l'accès aux sites jugés pornographiques, mais elle n'est pas appliquée systématiquement. Certains fournisseurs ne censurent pas, d'autres bloquent uniquement les pages contenant le mot "gay", par exemple. Les connexions VPN permettent d'éviter la censure.

Jours fériés

Les jours fériés indiqués ci-dessous sont fêtés dans toute l'Indonésie. La plupart des dates sont approximatives : elles varient en fonction des phases lunaires ou du calendrier religieux.

Tahun Baru Masehi (Nouvel An) 1er janvier

Idul Adha (Aïd al-Adha ; fête du sacrifice musulman) février

Muharram (Nouvel An musulman) février/mars

Nyepi (Nouvel An hindou) mars/avril

Hari Paskah (Vendredi saint) avril

Ascension du Christ avril/mai

Hari Waisak (naissance, éveil et mort du Bouddha) avril/mai

Maulid Nabi Muhammend ou Hari Natal (fête de la naissance du prophète Mahomet) mai

Hari Proklamasi Kemerdekaan (fête de l'Indépendance de l'Indonésie) 17 août

Isra Miraj Nabi Mohammed (ascension du prophète Mahomet) septembre

Hari Natal (Noël) 25 décembre

Les musulmans balinais respectent les fêtes et jours fériés propres à leur religion, y compris le ramadan. Voici les jours fériés célébrés à Lombok :

Anniversaire de Lombok Ouest (jour férié gouvernemental) 17 avril

Ramadan 18 juin en 2015 ; chaque année, de 10 à 11 jours plus tôt que l'année précédente

Idul Fitri ("Aïd al-Fitr", fin du ramadan) 30 jours après le début du ramadan

Nusa Tenggara Ouest (jour férié public) 17 décembre

Offices du tourisme

À Bali

À part celui d'Ubud, excellente source d'information sur les événements culturels ; les offices du tourisme sur l'île ne se révèlent pas utiles.

Les meilleures informations figurent dans les nombreuses publications gratuites destinées aux touristes et aux expatriés qui sont distribuées dans le sud de Bali et à Ubud, ainsi que sur Internet. On trouve aussi beaucoup de groupes Facebook, mais certains sont de simples forums pour les mécontents :

➡ **Bali Advertiser** (www.baliadvertiser.biz). Excellentes infos pour les visiteurs, notamment les colonnes Greenspeak et Bali Explorer.

- **Bali Discovery** (www.balidiscovery.com). Chaque semaine, Jack Daniels met en ligne les événements à ne pas rater à Bali.
- **Hello Bali** (www.hellobalimagazine.com). Site captivant sur l'île et sa culture.
- **Info Indonésie** (www.infoindonesie.com/bali.htm). Un portail francophone sur l'Indonésie, avec des fiches complètes sur Bali.
- **La Gazette de Bali** (www.lagazettedebali.info). Une foule de bons tuyaux pour les francophones. Journal mensuel.
- **The Beat** (www.beatmag.com). Site pratique et magazine bimensuel avec un agenda culturel et de loisirs détaillé.
- **The Yak** (www.theyakmag.com). Magazine impertinent sur les expatriés de Seminyak et d'Ubud.

Poste

Toute ville d'une certaine importance possède un *kantor pos* (bureau de poste). Les centres touristiques sont dotés, de plus, d'agences postales qui ont souvent des horaires étendus et proposent des services d'expédition. L'envoi de cartes postales et de lettres de moins de 20 g est bon marché mais très lent :

Délai d'acheminement du courrier depuis Bali :

Europe : 3 semaines

Canada : 2 semaines

Les bureaux de poste peuvent emballer correctement vos envois de plus de 20 g, moyennant une faible somme. Mieux vaut toutefois éviter la poste pour les envois auxquels vous tenez vraiment.

Les sociétés de livraison express comme DHL, Fedex et UPS, présentes à Bali, proposent un service rapide et fiable, mais coûteux.

Problèmes juridiques

Le gouvernement indonésien prend très au sérieux les problèmes de contrebande, d'usage et de vente de drogue, et les lois sur la drogue sont ambiguës. En cas d'arrestation et d'emprisonnement, vous devrez peut-être attendre jusqu'à 6 mois avant d'être jugé. Comme on l'a vu dans certains cas très médiatisés impliquant des étrangers, les peines de plusieurs années d'emprisonnement ne sont pas rares pour possession de drogues illicites, notamment la marijuana. Les revendeurs risquent même la peine capitale.

Les jeux d'argent sont illégaux (même si les paris sont courants, en particulier pour les combats de coqs), de même que la pornographie.

Les contrôles de police sont rares, sauf si vous louez un véhicule.

On trouve des postes de police dans toutes les capitales régionales de Bali et de Lombok. Si vous devez déclarer un délit ou engager une démarche auprès de la police, attendez-vous à un accueil bureaucratique très lent. Habillez-vous le mieux possible, demandez à un ami qui parle indonésien de vous accompagner, arrivez tôt et montrez-vous poli. La **police touristique de Bali** (☎0361-224111) peut aussi vous conseiller.

Certains policiers s'attendent à recevoir des pots-de-vin, soit pour fermer les yeux sur un délit, une incartade ou une infraction au code de la route (réelle ou non), soit pour un service qu'ils doivent vous rendre de toute façon. En règle générale, le mieux est de payer tout de suite – plus tôt vous le ferez, moins vous débourserez. On vous apprendra peut-être qu'il vous faut payer une "amende" sur place, ou bien l'on vous proposera de payer une "amende" pour régler l'affaire. En général, 50 000 Rp peuvent faire des merveilles. Si la demande vous paraît exagérée, toutefois, prenez le nom de l'agent et notez-le sous son nez.

Depuis 2014, une loi interdit de fumer dans la plupart des lieux où se rendent les touristes : marchés, magasins, restaurants, hôtels, taxis, etc. En pratique, elle est toutefois respectée de manière inégale.

Sécurité en voyage

Bali et Lombok sont des îles assez sûres. S'il faut se méfier de quelques voyous qui en ont après votre argent, les risques d'agression sont très limités. La petite délinquance existe, mais elle est assez peu répandue. Il y a eu quelques cas très médiatisés de visiteurs blessés ou tués à Bali.

Les trajets en bateau comportent des risques (voir p. 385).

ALCOOL FRELATÉ

Plusieurs décès et lésions graves, ayant touché des ressortissants indonésiens et étrangers, ont été enregistrés à la suite de la consommation d'*arak* (alcool de canne ou de palme) frelaté au méthanol, un alcool primaire toxique. Le plus sûr est d'éviter l'*arak*. N'en acceptez jamais en dehors des cafés et restaurants bien établis.

BAIGNADE

À Kuta Beach, et sur les plages au nord et au sud, les vagues et les courants sont très forts. Baignez-vous toujours entre les fanions. Seules les plages de Kuta, Legian, Seminyak, Nusa Dua, Sanur et (parfois) Senggigi sont surveillées. D'autres plages peuvent présenter des courants puissants,

CONSEILS AUX VOYAGEURS

La plupart des gouvernements possèdent des sites Internet qui recensent les dangers possibles et les régions à éviter. Consultez les sites suivants :

Ministère des Affaires étrangères français (www.diplomatie.gouv.fr)

Ministère des Affaires étrangères de Belgique (www.diplomatie.belgium.be)

Département fédéral des Affaires étrangères suisse (www.eda.admin.ch/eda/fr)

Ministère des Affaires étrangères du Canada (www.voyage.gc.ca)

même lorsqu'elles sont protégées par un récif.

Soyez prudent lorsque vous nagez au-dessus du corail, et ne marchez jamais dessus. Vous risqueriez de vous couper (et voir votre blessure s'infecter) et d'endommager cet environnement fragile.

La pollution de l'eau peut aussi poser problème, notamment après la pluie. Nagez loin de tout cours d'eau ouvert se déversant dans la mer, notamment ceux, souvent nauséabonds, de Double Six Beach et Seminyak Beach. Près de Kuta, la mer est souvent contaminée par les eaux ruisselant depuis les zones habitées.

CIRCULATION ET TROTTOIRS

La circulation à Bali est dense et peut se révéler dangereuse, aussi bien pour les conducteurs que pour les piétons. Les trottoirs étant très irréguliers, vous devrez parfois marcher sur la chaussée ; les trous dans la chaussée sont une des grandes causes de blessure. La nuit, munissez-vous d'une lampe torche.

COLPORTEURS ET RABATTEURS

De nombreux visiteurs sont agacés par le harcèlement constant des camelots à Bali (et dans les régions touristiques de Lombok). Leurs terrains de chasse favoris ? Jl Legian à Kuta, Kuta Beach, le Gunung Batur et ses alentours, ainsi que les temples (Pura Besakih, Pura Tanah Lot, etc). Partout, on vous demandera avec plus ou moins d'insistance : "Transport ?".

Quelques conseils pour éviter d'être importuné :

- Ignorez complètement les rabatteurs et colporteurs.
- Ne croisez pas leur regard.
- Évitez de répondre poliment par un *tidak* ("non"), qui sera interprété comme un encouragement.
- Abstenez-vous de demander le prix ou de commenter la marchandise, à moins d'être intéressé. Gardez néanmoins à l'esprit que ces personnes essaient de gagner leur vie. Si vous n'avez pas l'intention d'acheter, vous leur faites perdre leur temps en vous montrant trop poli.

DROGUE

Les retentissants procès pour des affaires de drogue qui ont régulièrement lieu à Bali et à Lombok devraient suffire à dissuader quiconque souhaiterait consommer des substances illicites. Quelques cachets d'ecstasy ou une faible dose de cannabis suffisent pour condamner quelqu'un à de lourdes amendes et/ou à plusieurs années dans la prison balinaise de Kerobokan. Les dealers s'exposent pour leur part à la peine de mort. Kuta regorge de policiers qui se font passer pour des revendeurs.

FAUX ORPHELINATS

Bali compte plusieurs "faux" orphelinats qui cherchent à extorquer de l'argent à des touristes crédules. Avant d'effectuer un don, vérifiez soigneusement la réputation de l'établissement sur Internet. Ceux qui se servent de chauffeurs de taxi comme rabatteurs sont particulièrement suspects.

VOL

Les vols avec violence ne sont pas courants, mais les vols de sacs à l'arraché depuis une moto, les actes de vols à la tire (pickpockets) et le vol dans les chambres et dans les voitures en stationnement ne sont pas rares. Adoptez les précautions habituelles pour n'importe quelle zone urbaine. Quelques précautions :

- Rangez votre argent avant de quitter un distributeur de billets (et n'oubliez pas votre carte !).
- Ne laissez pas d'affaires précieuses sur la plage pendant que vous vous baignez.
- Utilisez le coffre-fort de la réception ou de la chambre.

Téléphone

Appels via Internet

La plupart des connexions Wi-Fi des hôtels du sud de Bali et d'Ubud permettent une communication via Skype. Les cybercafés majorent parfois le temps de communication.

CE NUMÉRO N'EST PAS ATTRIBUÉ

À Bali, les numéros de téléphone fixes (ceux dont l'indicatif commencent par ☎0361, dans le Sud et à Ubud) changent fréquemment. Pour répondre à la demande croissante de lignes, un chiffre va être ajouté au début des numéros actuels à 6 ou 7 chiffres. Ainsi, le ☎0361-761 xxxx pourrait devenir le ☎0361-4761 xxxx. Cependant, un message, en indonésien puis en anglais, vous précisera le chiffre supplémentaire à composer.

Téléphones portables

- Une carte SIM pour un téléphone portable coûte seulement 50 000 Rp à Bali, incluant des appels internationaux bon marché (minimum 0,18 €/min).
- Les cartes SIM sont en vente partout et il est facile de les recharger.
- Attention aux vendeurs proposant aux voyageurs des cartes SIM pour 50 000 Rp ou plus. Si elles n'ont pas un crédit d'au moins 45 000 Rp, c'est du vol.
- Comptez en moyenne environ 200 000 Rp pour télécharger 3,5 Go de données.
- Des représentants de Telkomsel, opérateur majeur, vendent souvent des cartes SIM aux arrivées de l'aéroport, juste avant le magasin "duty-free". Elles coûtent 50 000 Rp avec un crédit et proposent de bons forfaits de téléchargement de données. Assurez-vous que vous n'avez pas affaire à un faux vendeur aux tarifs douteux.
- Les numéros de portables ont un préfixe à quatre chiffres commençant par 08 et comptent 10 à 12 chiffres.

Indicatifs téléphoniques

Les numéros commençant par 08 correspondent à des téléphones portables. Quelques numéros utiles :

Renseignements	☎108
Indicatif de l'Indonésie	☎62
Préfixe pour les appels à l'étranger	☎001/ ☎017
Opérateur international	☎102

Toilettes

Les toilettes à l'occidentale sont très répandues dans les zones touristiques.

En journée, cherchez un café ou un hôtel et demandez les toilettes en souriant (vous ne trouverez des toilettes publiques que dans les sites touristiques majeurs).

Voyager en solo

Femmes seules

BALI

Si les femmes voyageant seules à Bali sont toujours très sollicitées par les Balinais, ces derniers restent généralement très courtois. Bali est une destination sûre pour une femme seule et quelques précautions et un peu de bon sens devraient suffire.

LOMBOK

La tradition veut que les femmes soient traitées avec respect, mais dans les régions touristiques, il arrive que les femmes étrangères rencontrent des problèmes. Les différents guides/prétendants/gigolos se montrent souvent insistants et parfois agressifs si on les ignore. Évitez les tenues trop suggestives et réservez vos vêtements de plage... pour la plage. Mieux vaut se déplacer en groupe de deux ou trois femmes, ou bien être accompagnée par un homme.

HALTE AU TOURISME PÉDOPHILE

Des lois rigoureuses s'appliquent en Indonésie pour punir les délinquants d'abus sexuel et d'exploitation des enfants, et une législation extraterritoriale permet à de nombreux pays de poursuivre leurs ressortissants qui se rendraient coupables de tels crimes à l'étranger.

Les visiteurs peuvent contribuer à endiguer le tourisme pédophile en signalant tout comportement suspect, notamment auprès de l'**Anti Human Trafficking Unit** (☎021-721 8098), un service de la police indonésienne. Si vous connaissez la nationalité de l'individu, vous pouvez contacter directement l'ambassade correspondante.

Humantrafficking.org (www.humantrafficking.org) est une organisation internationale qui collabore avec des groupes luttant contre l'exploitation des êtres humains en Indonésie.

Transports

DEPUIS/ VERS BALI ET LOMBOK

La plupart des visiteurs étrangers arrivent à Bali par avion. Ceux qui vont d'île en île utilisent les nombreux ferries reliant Java à Bali, Bali à Lombok, et Lombok à Sumbawa. La majorité des voyageurs se rendant à Lombok passent d'abord par Bali.

Arriver à Bali et à Lombok

Les formalités à l'aéroport international Ngurah Rai de Bali sont simples, même si la file de touristes est parfois longue à s'écouler aux services d'immigration, en particulier l'après-midi.

Dans le hall de réception des bagages, des porteurs proposent leurs services, mais risquent de vous demander en échange jusqu'à 20 $US – mettez-vous d'accord sur un prix avant d'accepter. Le tarif officiel est de 10 000 Rp par bagage. Les chariots à bagages sont toujours gratuits.

Passé la douane, les tour-opérateurs, les rabatteurs et les chauffeurs de taxi attendent le client. Ignorez les rabatteurs, qui sont payés à la commission, car ils n'offrent aucun service utile.

Votre passeport doit être valable au moins six mois à partir de la date d'arrivée en Indonésie. Renseignez-vous bien au sujet des visas (voir p. 372).

Voie aérienne

Si Jakarta, la capitale indonésienne, constitue la principale porte d'entrée aérienne du pays, de nombreux vols internationaux desservent également Bali et, dans une moindre mesure, Lombok.

Aéroports et compagnies aériennes

AÉROPORT DE BALI

Le seul aéroport de Bali, l'**aéroport international Ngurah Rai** (DPS), est situé au sud de Kuta. De nombreuses agences de voyages y font néanmoins référence sous le nom de Denpasar ou Bali.

Le nouveau terminal de l'aéroport a ouvert en 2013. On dénombre néanmoins de nombreux problèmes :

- Les prix exorbitants des boissons et de la nourriture, même pour un aéroport.
- La saleté fréquente.
- Les longues files d'attente à l'immigration et aux douanes. Pour un tarif (illégal) de 750 000 Rp, les agents de l'immigration proposent de passer outre la queue.

VOYAGES ET CHANGEMENTS CLIMATIQUES

Tous les moyens de transport fonctionnant à l'énergie fossile génèrent du CO_2 – la principale cause du changement climatique induit par l'homme. L'industrie du voyage est aujourd'hui dépendante des avions. Si ceux-ci ne consomment pas nécessairement plus de carburant par kilomètre et par personne que la plupart des voitures, ils parcourent en revanche des distances bien plus grandes et relâchent quantité de particules et de gaz à effet de serre dans les couches supérieures de l'atmosphère. De nombreux sites Internet utilisent des "compteurs de carbone" permettant aux voyageurs de compenser le niveau des gaz à effet de serre dont ils sont responsables par une contribution financière à des projets respectueux de l'environnement. Lonely Planet "compense" les émissions de tout son personnel et de ses auteurs.

TAXE D'AÉROPORT

Au départ de Bali et de Lombok, la taxe d'aéroport pour les vols domestiques s'élève à 75 000 Rp, et à 200 000 Rp pour les vols internationaux. Il est préférable d'avoir la somme exacte avec soi.

- Les escaliers mécaniques en panne.
- Les rabatteurs proposant hébergements et transports à l'arrivée.
- Les compagnies aériennes internationales comptent de nombreuses destinations en Autralie et en Asie, mais très peu de vols directs depuis/vers l'Europe.
- Les compagnies nationales reliant Bali au reste de l'Indonésie changent fréquemment. Elles possèdent toutes un guichet dans le terminal. Vous devrez peut-être y recourir, car il n'est pas toujours aisé d'acheter des billets sur leur site Internet.

AGENCES EN LIGNE

Vous pouvez réserver votre vol via une agence en ligne ou vous renseigner auprès d'un comparateur de vols :

- www.bourse-des-vols.com
- www.ebookers.fr
- www.expedia.fr
- www.govoyages.com
- www.illicotravel.com
- www.kayak.fr
- www.opodo.fr
- www.skyscanner.fr
- voyages.kelkoo.fr
- www.voyages-sncf.com

Air Asia (www.airasia.com). Dessert Jakarta, Bangkok, Kuala Lumpur, Singapour et quelques villes en Australie.

Cathay Pacific Airways (www.cathaypacific.com). Dessert Hong Kong.

China Airlines (www.china-airlines.com). Dessert Taipei.

Eva Air (www.evaair.com). Dessert Taipei.

Garuda Indonesia (www.garuda-indonesia.com). Dessert l'Australie, Singapour, les Pays-Bas et des villes d'Indonésie.

KLM (www.klm.com). Dessert Amsterdam via Singapour.

Korean Air (www.koreanair.com). Dessert Séoul.

Lion Air (www.lionair.co.id). Dessert des villes indonésiennes et Kuala Lumpur.

Malaysia Airlines (www.mas.com.my). Dessert Kuala Lumpur.

Qatar Airways (www.qatarairways.com). Relie Doha à Jakarta depuis plusieurs villes en Europe (y compris Paris).

Singapore Airlines (www.singaporeair.com). Plusieurs vols par jour pour Singapour.

Thai Airways International (www.thaiair.com). Dessert Bangkok.

AÉROPORT DE LOMBOK

L'**aéroport international de Lombok** (Bandara Internasional Lombok ; LOP) est situé dans le sud de l'île, près de Praya. Des vols intérieurs desservent les principales villes indonésiennes. Liaisons internationales limitées.

Air Asia (www.airasia.com). Dessert Kuala Lumpur.

Garuda Indonesia (carte p. 265 ; ☎0804 180 7807 ; www.garuda-indonesia.com ; Jl Pejanggik 42, Mataram). Dessert Bali et Jakarta.

Lion Air/Wings Air (www.lionair.co.id). Dessert Bali, Jakarta et Surabaya.

Silk Air (www.silkair.com). Dessert Singapour.

Trans Nusa (☎0361-847 7395 ; www.transnusa.co.id). Destinations à Nusa Tenggara et Bali.

Depuis/vers la France

Il n'y a pas de vol direct pour Bali au départ de la France. Vous ferez au moins une escale à Shanghai, Singapour, Bangkok, ou Kuala Lumpur par exemple. Comptez en moyenne entre 17 et 25 heures de vol. Certains voyageurs atterrissent à Jakarta et en profitent pour visiter l'île de Java avant de rejoindre Bali en ferry.

Air France assure un vol quotidien pour Denpasar via Singapour. KLM, Malaysia Airlines, EVA Air, Thai Airways et de nombreuses autres compagnies desservent régulièrement Bali. Qatar Airways propose des vols Paris-Jakarta à petits prix.

En haute saison (juillet-août et vacances de Noël), le prix moyen d'un aller retour Paris-Denpasar se situe aux alentours de 1 000 €. Hors saison, ou en réservant longtemps à l'avance, vous pouvez trouver des offres autour de 750 €.

Les prestataires ci-dessous sont susceptibles de proposer des vols secs intéressants.

Air France (☎36 54, 0,34 €/min ; www.airfrance.fr)

Bourse des voyages (☎0 892 888 949, 0,34 €/min ; www.bourse-des-vols.com)

Les Connaisseurs du Voyage (☎01 53 95 27 00 ou 04 91 92 08 91 ; www.connaisseursvoyage.fr)

AVERTISSEMENT

Les informations contenues dans ce chapitre sont particulièrement susceptibles de changements. Vérifiez directement auprès de la compagnie aérienne ou de l'agence de voyages les modalités d'utilisation de votre billet d'avion. N'hésitez pas à comparer les prestations. Les détails fournis ici doivent être considérés à titre indicatif et ne remplacent en rien une recherche personnelle attentive.

Nouvelles Frontières (☎0 825 000 747, 0,15 €/min ; www.nouvelles-frontieres.fr)

Thomas Cook (☎0 826 826 777, 0,15 €/min ; www.thomascook.fr)

Voyages SNCF (☎36 35, 0,64 €/min ; www.voyages-sncf.com)

Voyageurs du monde (☎01 42 86 16 00 ; www.vdm.com)

Depuis/vers la Belgique

Un vol (avec escales) revient à environ 1 000 € et dure au moins 20 heures. Singapore Airlines, British Airways et Malaysia Airlines sont les principales compagnies aériennes desservant Bali, en général avec 2 escales. La compagnie nationale SN Brussels Airlines ne propose pas de vols à destination de l'Indonésie (il vous faudra transiter par Bangkok).

Quelques transporteurs et agences recommandés :

SN Brussels Airlines (☎0 826 10 18 18 ou 070/351 111 ; www.flysn.com)

British Airways (☎02/717 32 17 ; www.britishairways.com)

Airstop (☎070 233 188 ou 02 209 61 97 ; www.airstop.be)

Connections (☎070 23 33 13 ; www.connections.be)

Éole Gigatour (www.gigatour.be)

Depuis/vers la Suisse

Des vols avec 1 ou 2 escales relient fréquemment Genève (ou Zurich) à Denpasar. Comptez au moins 20 heures de trajet et au minimum 1 300 FS en basse saison et 1 900 FS en haute saison. Souvent en partage de code avec Singapore Airlines, Swiss assure plusieurs vols par semaine en direction de Bali. Parmi les autres compagnies, citons Lufthansa et Malaysia Airlines.

Quelques transporteurs et agences utiles :

Swiss International Air Lines (☎848 700 700 ; www.swiss.com)

Lufthansa (☎0 900 900 933 ; www.lufthansa.com)

Jerrycan (☎022/346 92 82 ; www.jerrycan-travel.ch)

STA Travel (☎058 450 49 49 ; fr.statravel.ch)

Depuis/vers le Canada

Depuis le Canada, il faudra transiter la plupart du temps par une ville nord-américaine ou européenne et ensuite une ville d'Asie. Ainsi, Air Canada, Singapore Airlines ou American Airlines proposent des vols pour Denpasar depuis Montréal avec deux, voire trois, escales. Le trajet Montréal-Denpasar prend au minimum 26 heures. Les tarifs aller-retour commencent à 1 200 $C.

Quelques adresses utiles :

Air Canada (☎1 888 247 2262 ; www.aircanada.com)

Expedia (☎1 877 332 3560 ; www.expedia.ca)

Flight Hub (☎1 800 900 1431 ; www.airticketsdirect.com)

Travel Cuts – Voyage Campus (☎1 800 667 2887 ; www.travelcuts.com)

Depuis/vers les autres îles indonésiennes

Depuis Bali, il est possible de rallier en avion les principales villes d'Indonésie, généralement pour moins de 50 $US – achetez les billets chez un agent de voyages ou à l'aéroport. Les meilleures offres pour Jakarta ne sont pas beaucoup plus chères que le prix d'un billet de bus (et l'on s'épargne 22 heures de trajet par la route).

En partant de Lombok, on peut trouver de bonnes affaires, mais les liaisons directes sont surtout limitées à Bali, Surabaya et Jakarta.

Voie terrestre

Bus

Le ferry qui part de Bali pour Java est compris dans le billet de nombreuses compagnies de bus, la plupart voyageant de nuit.

BUS TRANS-SARBAGITA

Spacieux, modernes et climatisés, les bus Trans-Sarbagita coûtent 3 500 Rp par trajet. Les arrêts, bien visibles au bord de la route à Bali, comportent des cartes indiquant les itinéraires, notamment depuis Batubulan par la rocade reliant Sanur à Nusa Dua, et de Denpasar à Jimbaran. Ces itinéraires convergent à un arrêt, à l'est de Kuta sur le grand parking au sud du centre commercial Istana Kuta Galleria.

Il est recommandé d'acheter vos billets au moins un jour à l'avance auprès d'une agence ou aux gares routières de Denpasar (Ubang) ou Mengwi. L'avion est parfois aussi bon marché que le bus.

Les tarifs varient selon les compagnies. Cela vaut la peine de payer un supplément pour profiter d'un siège correct avec la climatisation. Voici quelques exemples de tarifs et de durées depuis Yogyakarta (350 000 Rp ; 16 heures) et Jakarta (470 000 Rp ; 24 heures). On trouvera aussi des bus à Singaraja, dans le nord de Bali.

À Lombok, des bus publics partent chaque jour de la gare de Mandalika, à Mataram, vers Bali et les grandes villes de Java.

Train

Si les trains sont absents à Bali, la **compagnie nationale de chemins de fer** (Kerata API ; carte p. 122 ; ☎0361-227131 ; www.kereta-api.co.id ; Jl Diponegoro 150/B4 ; ⏲8h-15h lun-ven, 9h-14h sam et dim) compte un bureau à Denpasar. De là, des bus partent pour l'est de Java où des liaisons ferroviaires relient notamment Banyuwangi à Surabaya, Yogyakarta et Jakarta. Les prix et durées du trajet sont à peu près équivalents à ceux du bus, mais les trains climatisés sont plus confortables, même en classe économique.

Voie maritime

Java

On arrive sur l'île de Java en traversent le détroit entre Bali et Java. Les ferries relient Gilimanuk, à l'ouest de Bali, et Ketapang (Java), puis un bus fait le trajet jusqu'à Jakarta. Sumbawa, à l'est de Lombok, est aussi reliée par ferry.

Sumbawa

Des ferries fréquents circulent toute la journée entre Labuhan Lombok et Poto Tano, à Sumbawa.

Autres îles indonésiennes

La compagnie nationale, Pelni (www.pelni.co.id), possède d'énormes bateaux naviguant à travers toute l'Indonésie.

À Bali, les bateaux Pelni font régulièrement escale à Benoa Harbour. Vous trouverez horaires et tarifs sur le site Internet et pourrez réserver à la **billetterie de Pelni** (carte p. 57 ; ☎0361-763 963 ; www.pelni.co.id ; Jl Raya Kuta 299 ; ⏲8h-12h et 13h-16h lun-ven, 8h-13h sam), à Tuban.

Les bateaux Pelni relient Lembar, à Lombok, au reste de l'Indonésie. Les horaires et les billets sont disponibles au **bureau de Pelni** (☎0370-637212 ; Jl Industri 1 ; ⏲8h-12h et 13h-15h30 lun-jeu et sam, 8h-11h ven), à Mataram.

VOYAGES ORGANISÉS

Compte tenu de tous les atouts touristiques de Bali, il n'est pas surprenant de voir cette destination figurer au catalogue de nombreux voyagistes. Lombok n'est pas en reste, comme en témoignent les prestataires que nous avons sélectionnés ci-dessous. Le recours à un tour-opérateur vous facilitera la vie, en particulier si vous décidez d'axer vos vacances autour d'un thème, comme la randonnée, la plongée ou la découverte des sites culturels.

Spécialistes de l'Asie et généralistes

Asia (☎0 825 897 602 ou 01 44 41 50 10 ; www.asia.fr ; 1 rue Dante, 75005 Paris). Autres adresses en France et en Suisse. Le spécialiste de l'Asie offre un grand choix de séjours à Bali et à Lombok, en groupe, en circuits individuels ou sur mesure.

Bali Authentique (www.baliauthentique.com ; 12 rue Paul-Janet, 67000 Strasbourg). Cette association organise notamment des séjours aventure, santé et bien-être, et lunes de miel à Bali, Lombok, aux îles Gili, etc. L'agence balinaise sur place s'efforce de promouvoir un tourisme durable, hors des sentiers battus.

Bali Autrement (☎06 03 38 17 02 ; www.baliautrement.com ; 1 impasse de la Gendarmerie, 34140 Mèze). Une équipe franco-indonésienne qui garantit un tourisme responsable et propose de nombreux circuits sportifs, culturels, loisirs ou solidarité à Bali, Lombok et dans le reste de l'Indonésie.

Comptoirs du monde (☎01 44 54 84 54 ; www.comptoirsdumonde.fr ; 84 rue Amelot, 75011 Paris). Propose des maisons d'hôtes et un grand tour de Bali (de Jimbaran à Ubud) et un court séjour à Lombok.

Maison de l'Indochine (☎01 40 51 95 15 ; www.maisondelindochine.com ; 76 rue Bonaparte, 75006 Paris). Plusieurs circuits en Indonésie et à Bali : au cœur de Bali, villas privées, nature et bien-être...

Nouvelles Frontières (☎0 825 000 747 ; www.nouvelles-frontieres.fr). Parmi les divers circuits à Bali : "Bali, île bénie des dieux" combinent visites de temples, balades à pied dans les villages et les rizières, ascension d'un volcan ou cours de cuisine.

Terres de charme et îles du Monde (☎01 55 42 74 10 ; www.terresdecharme.com ; 5 bis rue de l'Asile-Popincourt, 75011 Paris). "Le Bali des vrais épicuriens" alterne visites culturelles, balades et farniente. Hébergement dans des maisons d'hôtes raffinées et extensions balnéaires à Lombok.

Voyageurs du Monde (☎01 42 86 16 00 ; www.vdm.com ; 55 rue Sainte-Anne, 75002 Paris). Plusieurs agences en France, en Belgique et en Suisse. Parmi les voyages itinérants ou sur mesure en Indonésie : séjour au cœur des rizières, à la campagne ou à la plage, voyages de noce, avec des enfants, etc.

Randonnée et plongée

Allibert Trekking (☎04 76 45 50 50 en France ; ☎02 318 32 02 en Belgique ; ☎022 519 03 23 en Suisse ; www.allibert-trekking.com) ; (☎01 44 59 35 35 ; 37 bd Beaumarchais, 75003 Paris). Autres adresses en France. Ce spécialiste de la randonnée, privilégiant le tourisme responsable, propose notamment les circuits "Rizières et volcans de Bali", de 15 jours, et "La transbalinaise", de 16 jours.

Atalante (☎01 55 42 81 00 ; www.atalante.fr ; 18 rue Séguier, 75006 Paris). Autres adresses à Lyon et Bruxelles. Ce tour-opérateur du voyage à pied organise plusieurs treks et circuits de 16 jours pour découvrir la nature, les plages et la culture de Bali, hors des sentiers battus : "Bali, chemins du paradis", "Ronde balinaise", en famille, et "Robinsonnade aux îles Gili".

Aventure et volcans (☎04 78 60 51 11 ; www.aventurevolcans.com ; 73 cours de la Liberté, 69406 Lyon Cedex 03). Ce spécialiste des volcans propose divers circuits combinant ascension de volcans actifs à Java, Sumatra ou aux Célèbes (Sulawesi) et découvertes culturelles à Bali.

Océanes (☎04 42 52 82 40 ; www.oceanes.com ; 531 rue Paul-Julien, 13100 Le Tholonet). Ce prestataire organise des séjours plongée d'une semaine à 10 jours en Indonésie, et notamment à Bali.

Terres d'Aventure (☎0 825 700 825 ; ☎02 543 95 60 en Belgique ; ☎022 518 05 13 en Suisse ; www.terdav.com) ; (30 rue Saint-Augustin, 75002 Paris). Plusieurs agences en France, engagées dans le développement durable. Organise des circuits à pied à Bali, dont la "Grande traversée de Bali" et "Rizières de Bali et île paradisiaque", les deux en 17 jours.

Ultramarina (☎0 825 02 98 02 ; www.ultramarina.com) ; (☎02 40 89 74 89 ; 2 ter rue des Olivettes, 44032 Nantes Cedex 1) ; (29 rue de Clichy, 75009 Paris). Autres adresses en France, en Belgique et en Suisse. Ce spécialiste de la plongée propose des excursions comprenant hôtels (avec club de plongée intégré) et sorties plongée à Bali et Gili Trawangan.

Zig Zag Randonnées (☎01 42 85 13 93 ou 01 42 85 13 18 ; www.zigzag-randonnees.com ; 54 rue de Dunkerque, 75009 Paris). Le catalogue de ce spécialiste de la randonnée comprend une traversée de Bali ("Au fil des rizières") en 15 jours et "Trois îles et sept volcans", combinant l'ascension de volcans à Java, Bali et Lombok en 22 jours.

COMMENT CIRCULER

La meilleure façon de se déplacer est en voiture, que vous recouriez ou non aux services d'un chauffeur, ou bien à moto. Vous serez ainsi libre d'aller où bon vous semble et vous pourrez explorer les régions isolées.

Les transports publics sont très bon marché, mais les voyages se révèlent interminables dès que l'on sort des grands axes. En outre, de nombreuses destinations isolées sont pratiquement inaccessibles.

Quant aux bus touristiques, ils sont à la fois économiques et confortables.

Avion

Plusieurs compagnies assurent une liaison quotidienne entre Bali et Lombok. La concurrence est féroce.

À Bali, l'**aéroport international Ngurah Rai** se situe au sud de Tuban et Kuta. On trouve des taxis à prix fixe à l'intérieur du terminal. Le paiement se fait avant de partir (plus cher qu'un taxi classique). Pour trouver un taxi avec taximètre, il faut sortir de l'aéroport.

Si vous voyagez avec une planche de surf, vous devrez payer un supplément en fonction de la taille. Ignorez toute personne proposant ses services et ne faisant pas partie de l'infrastructure officielle.

Nombre d'hôtels offrent le transfert depuis l'aéroport, mais on peut tout à fait se passer de ce service s'il est plus cher que les tarifs officiels.

Si vous voyagez léger, sachez que Kuta Beach est à moins de 30 minutes à pied vers le nord.

Bemo

Le *bemo* désigne en général un minibus ou une camionnette offrant 2 rangées de sièges en vis-à-vis. Il peut accueillir environ 12 personnes dans un espace très exigu.

Jadis le moyen de transport public roi à Bali, le *bemo* souffre aujourd'hui de la concurrence du nombre croissant de motos (moins coûteuses au quotidien). Un trajet en *bemo* peut se révéler amusant ou se transformer en cauchemar, selon l'humeur. À Bali, les voyageurs utilisent très peu les *bemo*, contrairement à Lombok où ils constituent le principal moyen de transport des visiteurs et des habitants.

Tarifs

Les *bemo* parcourent un itinéraire à tarif fixe (mais non affiché). Le prix minimum est de 5 000 Rp.

VOYAGER SANS RISQUE EN BATEAU

Le nombre de bateaux reliant Bali, Nusa Lembongan, Lombok et les îles Gili a considérablement augmenté, notamment depuis que ces deux dernières destinations sont devenues plus fréquentées. Bien souvent hélas, ces embarcations ne respectent pas les règles de sécurité de base et des accidents surviennent régulièrement.

Les équipages n'ont généralement aucune formation spécifique : lors d'un accident, un capitaine a admis avoir paniqué et ne se souvenait même pas de ce qui était advenu de ses passagers. Il ne faut pas non plus trop compter sur les secours : une équipe de sauveteurs bénévoles dans l'est de Bali a même indiqué qu'elle n'avait pas de radio.

Les conditions en mer à Bali sont souvent difficiles. Bien que les îles soient proches les unes des autres, l'océan qui les sépare peut être très agité pour les petits hors-bord.

Par conséquent, vous devez prendre seul les mesures nécessaires pour votre sécurité. Gardez en tête les éléments suivants :

➡ **Optez pour les gros bateaux** Le voyage sera peut-être rallongé de 30 minutes, mais un bateau plus gros est plus fiable sur l'océan que les petits hors-bord filant à plein régime. De plus, les voyages sur les petits bateaux peuvent être désagréables du fait du battement incessant des vagues et de la fumée du moteur.

➡ **Contrôlez l'équipement de sécurité** Vérifiez qu'il y a des gilets de sauvetage à bord et que vous savez les utiliser. En cas d'urgence, n'attendez pas que l'équipage en panique vous les donne. Vérifiez aussi qu'il y a des canots de sauvetage. Certains bateaux, qui étaient livrés avec des canots à gonflement automatique, ont été délestés de ces équipements pour accueillir plus de passagers.

➡ **Évitez les bateaux surchargés** Sur certains bateaux, le nombre de voyageurs est supérieur à celui des sièges et l'accès aux allées est obstrué par les valises. Des passagers n'ont pas d'autre choix que de s'asseoir sur le toit de la cabine, dans des conditions peu sûres. Ne prenez pas ces bateaux.

➡ **Repérez les sorties de secours** Les cabines peuvent n'être accessibles qu'à partir d'une seule entrée très étroite, les rendant dangereuses en cas d'accident. Les sièges à l'arrière (sans toit) semblent plus sûrs, mais, lors d'une explosion en 2013, les passagers assis à l'arrière furent gravement brûlés.

➡ **Évitez les armateurs véreux** Le bateau de pêche auquel on a ajouté une batterie de moteurs à l'arrière pour tirer profit du tourisme peut faire un bon candidat au naufrage.

➡ **Ne vous baladez pas sur le toit** C'est sans doute très amusant, mais vous risquez de passer par-dessus bord en cas de forte houle, et l'équipage ne sera peut-être pas capable de vous secourir. En cas de mer agitée, les passagers peuvent se retrouver trempés et leurs affaires abîmées.

➡ **Le ferry n'est pas nécessairement plus sûr** L'un des grands car-ferries Padangbai-Bangsal a pris feu et a coulé en 2014.

➡ **Faites preuve de bon sens** Il y a certes de bons prestataires, mais ils changent constamment. Si un service vous paraît douteux, changez de bateau. Essayez de vous faire rembourser, mais ne risquez pas votre sécurité pour le prix d'un billet.

Si vous montez dans un *bemo* vide, précisez toujours que vous n'avez pas l'intention de le "chartériser".

Gares de bemo et itinéraires

Chaque ville possède au moins une gare (*terminal bis*) pour tous les types de transports publics. Les grandes villes en ont plusieurs. Si les arrêts ne sont pas toujours très clairs, la plupart des *bemo* et des bus arborent des pancartes. En cas de doute, renseignez-vous auprès du chauffeur.

Pour se déplacer d'un point à un autre à Bali, on doit souvent passer par une ou deux gares routières. Par exemple, pour se rendre de Sanur à Ubud en *bemo*, il faut aller jusqu'à la gare routière de Kereneng, à Denpasar, avant de prendre une correspondance jusqu'à Batubulan, puis de prendre un troisième *bemo* pour Ubud. Pour éviter cette perte de temps, de nombreux voyageurs préfèrent utiliser d'autres moyens de transport.

Bateau

Entre Bali et Lombok, le bateau se révèle plus simple que l'avion, d'autant que les bateaux rapides sont compétitifs en terme de gain de temps. Cependant, gardez en tête les règles de sécurité de base.

Des ferries publics circulent lentement entre Padangbai et Lembar, à Lombok.

Plusieurs bateaux rapides font la navette entre Bali et les îles Gili.

Bus

Bus publics

BALI

Les gros minibus et les bus font de longs parcours, en particulier les liaisons entre Denpasar, Singaraja et Gilimanuk. Ils partent des mêmes gares routières que les *bemo*. Toutefois, vous risquez d'attendre plus longtemps avant de démarrer, car les bus se remplissent moins vite depuis que la moto est devenue un moyen de transport très populaire.

LOMBOK

À Lombok, les bus et les *bemo* de différentes tailles sont les moyens de transport les plus courants. Mandalika à Bertais est la principale gare routière de Lombok. Les gares régionales de Praya et de Pancor (près de Selong) peuvent aussi vous être utiles. Vous devrez certainement passer par une ou plusieurs gares pour vous rendre d'un point à l'autre de Lombok.

Les tarifs des transports publics sont fixés par le gouvernement local. Attendez-vous à payer un supplément si vous avez un gros sac ou une planche de surf.

Bus touristiques

Les bus touristiques sont un moyen économique et pratique de circuler. Des panneaux proposent ces services dans les principales zones touristiques. Ce sont en général des véhicules de 8 à 20 passagers. Moins rapides qu'une voiture avec chauffeur, ils sont bien plus simples à utiliser que les *bemo* et les bus publics.

Des navettes relient fréquemment Kuta et Senggigi à Lombok avec Kuta et le sud de Bali par le ferry public. Comptez 100 000 Rp et jusqu'à 10 heures de trajet.

Perama (☎0361-751170 ; www.peramatour.com), principale compagnie de bus touristiques, possède des bureaux ou des agents à Kuta, Sanur, Ubud, Lovina, Padangbai et Candidasa à Bali, ainsi qu'à Gili Trawangan et Senggigi à Lombok.

Avantages :

- Des prix raisonnables (100 000 Rp pour Kuta-Lovina, par exemple).
- L'air conditionné.
- La possibilité de rencontrer d'autres voyageurs.

Inconvénients :

- Les arrêts de Perama sont souvent en dehors du centre, d'où le recours à une autre navette ou à un taxi.
- Les bus peuvent ne pas proposer de service direct – s'arrêtant par exemple à Ubud, entre Kuta et Padangbai.
- Les nouvelles destinations phares, comme Bingen et Seminyak, ne sont pas desservies.
- La location d'une voiture et d'un chauffeur revient moins cher à partir de 3 personnes.

Vélo

Les visiteurs sont de plus en plus nombreux à découvrir l'île à *sepeda* (vélo). On peut ainsi circuler dans les villes à vélo ou partir pour des balades d'une journée à Bali comme à Lombok.

Les loueurs sont nombreux dans les régions touristiques, mais les vélos sont parfois mal entretenus. Sur Lombok, il est possible de trouver de bons vélos à Senggigi.

Renseignez-vous auprès de votre hôtel pour savoir où louer un vélo. Comptez 30 000 Rp/jour.

Voiture et moto

La location d'une voiture ou d'une moto à Bali et à Lombok permet d'explorer ces deux îles tout en offrant un gain de temps appréciable car à certaines heures, la circulation peut être éprouvante, surtout dans le sud de Bali. Vous aurez le loisir de gérer votre temps et de partir à la découverte d'une myriade de petites routes secondaires.

Rares sont les visiteurs qui louent un véhicule pour toute la durée de leur séjour ; la plupart se contentent de partir à l'aventure pour quelques jours.

LA GARE ROUTIÈRE DE MENGWI

La gare routière de Mengwi s'est installée à 12 km au nord-ouest de Denpasar, non loin de la route principale qui dessert l'ouest de Bali. De nombreux bus longue distance depuis/vers la gare routière d'Ubung de Denpasar s'arrêtent ici.

Depuis/vers le sud de Bali, cette gare routière permet de gagner du temps par rapport à celle de Denpasar. Des taxis avec compteur sont disponibles, avec des tarifs entre 150 000 Rp et 200 000 Rp.

LA ROUTE À PÉAGE DE BALI

La route à péage de Bali Madara vise à éviter le gros de la circulation dans et autour de Kuta. Longue de 12,7 km, elle s'étend de la rocade qui surplombe les mangroves près de Denpasar jusqu'aux environs de Nusa Dua, avec une bretelle vers l'aéroport inernational Ngurah Rai. Vous bénéficierez de jolies vues sur les mangroves menacées et Benoa Harbour.

Le péage s'élève à 10 000 Rp. Le gain de temps est indéniable, surtout pour aller à Nusa Dua. En revanche, en direction du nord, l'intersection avec le Jl Ngurah Rai Bypass est souvent congestionnée.

Assurance

Les agences de location et les propriétaires affirment qu'une assurance minimale est comprise dans le contrat de location – avec, en général, une franchise d'environ 100 $US pour une moto et de 500 $US pour une voiture.

Vérifiez ce que couvre votre propre assurance auto, santé ou voyage, en particulier si vous louez une moto.

Code de la route

On entend fréquemment les conducteurs étrangers se plaindre de la conduite des Balinais, mais peu de visiteurs ont assimilé les pratiques locales. Les Balinais utilisent plus souvent le klaxon pour signaler leur présence que pour exprimer leur mécontentement.

- Regardez toujours devant – c'est à vous qu'il revient d'éviter tout ce qui peut surgir devant votre pare-chocs. Une voiture ou une moto qui débouche d'un chemin est prioritaire.
- Bien souvent, le conducteur ne prendra pas la peine de regarder si une voiture arrive lorsqu'il tourne à un carrefour (mais il fait attention aux klaxons).
- Utilisez impérativement votre klaxon pour avertir toute personne devant vous de votre présence, surtout si vous vous apprêtez à doubler.
- La conduite se fait du côté gauche.

Essence

Le *bensin* (carburant) est vendu par la compagnie publique Pertamina seulement 6 500 Rp le litre (il est subventionné). Les stations-service ne manquent pas à Bali. À Lombok, on les trouve dans les principales villes. Des stands en bord de route vendent du carburant pour moto, dans des bouteilles de vodka Absolut.

État des routes

La circulation est parfois éprouvante dans le sud de Bali, jusqu'à Ubud, Padangbai à l'est et Tabanan à l'ouest. Il est difficile de se repérer dans les grandes zones touristiques, car les routes ne sont pas toujours bien indiquées et les cartes peu fiables. En dehors des grands axes, les routes sont souvent cahoteuses, mais goudronnées.

Les routes de Lombok sont parfois en mauvais état, mais la circulation y est moins dense qu'à Bali.

Évitez de conduire de nuit ou au crépuscule. De nombreux vélos, charrettes et véhicules ne possèdent pas de feux de signalisation et les routes sont mal éclairées.

Location

Rares sont les agences à Bali qui acceptent que les véhicules de location soient utilisés jusqu'à Lombok.

VOITURE

Le véhicule de location le plus prisé est le 4X4, un modèle compact, idéal pour les petites routes balinaises. Les boîtes de vitesse automatiques sont inexistantes.

Dans les zones touristiques, les agences de location et de voyages louent des véhicules à des tarifs assez avantageux. Une petite jeep coûte 50 000 Rp/jour (prix négociable), incluant un kilométrage illimité et une assurance très restreinte. Les journées supplémentaires coûtent souvent beaucoup moins cher que la journée initiale.

Il est inutile de réserver une voiture de location à l'avance ou dans le cadre d'une formule, car vous paierez probablement davantage. N'importe quel hébergement peut organiser la location, tout comme les innombrables rabatteurs officiant dans les rues.

MOTO

La moto est un moyen de locomotion de plus en plus populaire à Bali et à Lombok – certains habitants la conduisent depuis leur plus jeune âge et il n'est pas rare de voir une famille entière joyeusement entassée sur une moto.

La location par jour coûte 50 000 Rp ; c'est moins cher à la semaine. Elle comprend une assurance minimale qui couvre la moto, mais pas les dommages causés à d'autres véhicules ou à d'autres personnes. Beaucoup sont équipées d'un rack pour arrimer une planche de surf.

Réfléchissez à deux fois avant de louer une moto : c'est un moyen de transport potentiellement dangereux et chaque année des visiteurs sont grièvement blessés. Si vous n'êtes pas expérimenté, abstenez-vous ! Le port du casque est obligatoire.

Permis de conduire

PERMIS VOITURE

Pour conduire, vous devez être en possession d'un permis de conduire international. Il s'obtient facilement auprès de la préfecture de votre domicile. Vous devrez présenter vos deux permis en cas de contrôle. Sans le permis international, toute amende sera majorée de 50 000 Rp.

PERMIS MOTO

Si vous avez un permis moto, demandez aussi un permis moto international. Avec ce dernier, vous ne rencontrerez aucune difficulté. Sinon, vous devrez obtenir un permis local, ce qui est une autre paire de manches.

En cas de contrôle, il faut s'attendre à une amende de 2 000 000 Rp si on roule sans permis et à voir la moto confisquée ; l'agent de police se contente souvent d'un pot-de-vin (de 50 000 Rp environ). En outre, si vous avez un accident sans permis, votre compagnie d'assurance refusera peut-être de vous couvrir.

Pour obtenir un permis local à Bali (valable un an), rendez-vous au **Poltabes Denpasar** (carte p. 180 ; ☎0361-1427352 ; Jl Gunung Sanhyang ; ⏲8h-13h lun-sam), un poste de police qui se trouve au nord-ouest de Kerobokan sur la route de Denpasar. Prenez votre passeport, une photocopie de ce dernier (la page avec votre photo) et une photo d'identité. Puis suivez ces étapes :

➡ N'entrez pas dans le hall où se bousculent les candidats.

➡ Prenez un air désarmé et demandez "permis moto ?" aux fonctionnaires en uniforme.

➡ Trouvez les fonctionnaires parlant anglais et payez 250 000 Rp.

➡ Faites le test écrit requis (en anglais ; les réponses figurent sur un test-exemple).

➡ Retirez votre permis. Certes, cela coûte plus cher qu'en passant par le grand hall, mais qui s'en plaindra ?

En stop

Il est très rare de voir des auto-stoppeurs à Bali et à Lombok. Pensez plutôt à circuler en moto-taxi (*ojek*).

Transports locaux

Dokar et cidomo

Les petits *dokar* (carrioles tirées par des chevaux) sont encore en service à Denpasar et à Kuta, mais ils restent rares. La maltraitance des chevaux étant inquiétante à Bali, ces circuits touristiques onéreux sont peu attrayants.

Ces carrioles sont appelées *cidomo* à Lombok – contraction de *cika* (charrette traditionnelle), *dokar* et *mobil* (car des roues et pneus de voitures sont utilisés). Le *cidomo* type comporte deux bancs

LOUER UN VÉHICULE AVEC CHAUFFEUR

Louer un véhicule avec chauffeur est une excellente solution pour circuler à Bali en s'évitant le stress de la conduite. Si vous voyagez en groupe, les frais sont partagés. C'est également possible à Lombok, mais moins fréquent.

Il est facile de trouver un véhicule avec chauffeur : il suffit de tendre l'oreille aux fréquentes offres de transport dans les rues autour des sites touristiques. Vous pouvez aussi vous adresser directement à un chauffeur ou passer par votre hôtel, ce qui est une solution plus fiable. Pensez aussi aux éléments suivants :

➡ S'il existe de bons chauffeurs un peu partout, mieux vaut s'entretenir avec quelques-uns seulement.

➡ Écoutez les recommandations des autres voyageurs.

➡ Le chauffeur doit vous convenir et avoir un niveau d'anglais (ou de français) suffisant.

➡ Comptez en moyenne de 400 000 à 600 000 Rp par jour.

➡ Le véhicule, souvent un modèle Toyota Kijang récent accueillant jusqu'à 7 personnes, doit être propre.

➡ Mettez-vous d'accord sur l'itinéraire avant de partir.

➡ Exprimez clairement votre souhait d'éviter les restaurants et boutiques attrape-touristes (les chauffeurs malins comprennent que le pourboire en dépend).

➡ En route, payez le déjeuner du chauffeur (donnez-lui 20 000 Rp pour manger où il le souhaite), et proposez-lui des en-cas et des boissons.

➡ De nombreux chauffeurs font, de manière spontanée, des efforts pour vous faire passer une agréable journée. Laissez un pourboire en conséquence.

étroits face à face. Là aussi, le traitement réservé aux chevaux est préoccupant, surtout sur les îles Gili, dépourvues de voitures, où ils constituent le principal mode de transport. Nous ne recommandons pas l'usage des *cidomo*.

Ojek

Dans les villes et sur les routes, on trouvera toujours un *ojek* (moto-taxi). Maintenant que tout propriétaire de moto peut offrir ses services en indépendant (postez-vous ostensiblement au bord d'une route et l'on s'arrêtera), l'*ojek* officiel se fait plus rare. S'ils font l'affaire sur les routes de campagne tranquilles, les *ojek* sont plutôt risqués dans les grandes villes. Ils sont plus répandus à Lombok.

Les tarifs sont négociables, mais comptez environ 20 000 Rp pour 5 km.

Taxi

BALI

Les taxis avec compteur sont courants dans le sud de Bali et à Denpasar (mais pas à Ubud). Ils sont indispensables pour se déplacer et vous pourrez les héler facilement dans les secteurs très fréquentés. De façon générale, ils vous éviteront d'avoir à marchander avec un chauffeur proposant un "transport".

- Les taxis sont bon marché : parfois 50 000 Rp suffisent entre Kuta et Seminyak.
- La société la plus fiable est, de loin, **Blue Bird Taxi** (☎701 111), dont les véhicules bleus sont surmontés d'un signal lumineux arborant un merle bleu. Attention aux nombreuses contrefaçons. Guettez l'inscription "Blue Bird" sur le pare-brise et le numéro de téléphone. Les chauffeurs parlent un anglais correct et utilisent systématiquement le taximètre. Blue Bird dispose d'une application mobile qui permet aux chauffeurs de venir vous chercher à l'endroit où vous vous situez.
- Évitez tous les taxis qui n'utilisent pas leur compteur, même la nuit lorsqu'ils prétendent que seuls des tarifs fixes s'appliquent.
- Parmi les autres arnaques : absence de monnaie, compteur "cassé", détours inutiles, propositions de circuits, de massages, de prostituées, etc.

LOMBOK

Ce ne sont pas les *bemo* ni les taxis qui manquent dans la région de Mataram et de Senggigi. À Lombok, les taxis Blue Bird de **Lombok Taksi** (☎627 000) utilisent toujours un compteur et constituent la meilleure option.

Circuits organisés locaux

Les circuits organisés sont une bonne manière de visiter certains sites et il existe une myriade d'agences à Bali. Les plus intéressantes sont celles qui se spécialisent dans les circuits hors des sentiers battus, avec à la clé des expériences mémorables. Vous pouvez aussi organiser votre propre circuit.

Les agences de Lombok organisant des circuits sont basées à Senggigi. Vous pouvez réserver des visites de marchés à Mataram, une balade sur les îles Gili ou encore une randonnée sur le Gunung Rinjani.

À la journée

En règle générale, un minibus climatisé vient vous chercher à votre hôtel. Les prix varient entre 100 000 et 500 000 Rp pour les mêmes prestations d'un établissement à un autre, n'hésitez donc pas à comparer les offres. Quelques éléments à garder en tête :

- Est-ce que le déjeuner sera organisé autour d'un grand buffet touristique ou dans un endroit plus intéressant ?
- Combien de temps passerez-vous dans les boutiques touristiques ?
- Est-ce que le niveau d'anglais (ou de français) du guide sera satisfaisant ?
- Est-ce que les points de rendez-vous tôt le matin sont pratiques pour vous ? Devez-vous rejoindre un point central qui vous oblige à prendre un second bus ?

Hors des sentiers battus

Plusieurs agences de Bali proposent des circuits sortant de l'ordinaire. Il s'agit souvent d'expériences culturelles particulières, comme les cérémonies de crémation ou la découverte de la vie rurale balinaise, inchangée depuis des décennies. Vous éviterez ainsi les minibus de touristes et vous voyagerez dans des véhicules atypiques, pouvant néanmoins être très confortables.

Bali Discovery Tours (☎0361-286283 ; www.balidiscovery.com). Circuits personnalisés à travers Bali.

JED (Village Ecotourism Network ; ☎0361-366 9951 ; www.jed.or.id ; circuits à partir de 75 $US). Organise des visites de petits villages très appréciées, parfois avec une nuit sur place.

Suta Tours (☎0361-741 6665, 0361-788 8865 ; www.sutatour.com). Outre les circuits classiques, on peut assister à des crémations et à des fêtes spéciales dans des temples, visiter des marchés, etc. Également, circuits sur mesure.

Santé

En cas de blessure légère ou de problème de santé sans gravité, vous n'aurez pas de mal à trouver un traitement à Bali ou, dans une moindre mesure, sur l'île de Lombok. Les cas plus graves sont évacués à l'étranger, vers Singapour ou l'Australie.

Les voyageurs ont tendance à s'inquiéter des maladies infectieuses contractées dans les pays tropicaux, mais il est toutefois rare qu'une infection provoque des maladies graves.

Les problèmes les plus sérieux sont généralement liés à des soucis médicaux préexistants comme des maladies cardiaques et à des blessures accidentelles (en particulier celles liées aux accidents de la route qui demeurent malheureusement assez fréquentes). Il demeure cependant assez courant d'être malade à un moment ou à un autre et d'attraper une gastro-entérite ou une insolation par exemple.

Certaines précautions sont à prendre lorsque vous séjournez à Bali et à Lombok, notamment celles relatives à la rage, aux piqûres de moustique et au soleil tropical.

Les conseils suivants ne sont qu'indicatifs et ne peuvent en aucun cas remplacer l'avis d'un médecin.

AVANT LE DÉPART

Assurance

Il est conseillé de souscrire une assurance qui vous couvrira en cas d'annulation de votre voyage, de vol, de perte de vos affaires, de maladie ou encore d'accident.

Vérifiez notamment que les "sports à risques", comme la plongée, la moto ou même la randonnée ne sont pas exclus de votre contrat, ou encore que le rapatriement médical d'urgence, en ambulance ou en avion, est couvert. De même, le fait d'acquérir un véhicule dans un autre pays ne signifie pas nécessairement que vous serez protégé par votre propre assurance.

Vous pouvez contracter une assurance qui réglera directement les hôpitaux et les médecins, vous évitant ainsi d'avancer des sommes qui ne vous seront remboursées qu'à votre retour. Dans ce cas, conservez avec vous tous les documents nécessaires (les consultations médicales se règlent généralement en espèces : demandez un reçu pour le remboursement).

Attention ! Avant de souscrire une police d'assurance, vérifiez bien que vous ne bénéficiez pas déjà d'une assistance par votre carte de crédit, votre mutuelle ou votre assurance automobile.

N'oubliez pas de prendre avec vous les documents relatifs à l'assurance ainsi que les numéros à appeler en cas d'urgence.

Quelques conseils

Assurez-vous que vous êtes en bonne santé avant de partir. Si vous suivez un traitement de façon régulière, n'oubliez pas votre ordonnance (avec le nom du principe actif).

SANTÉ SUR INTERNET

Il existe de très bons sites Internet consacrés à la santé en voyage. Avant de partir, vous pouvez consulter des conseils en ligne :

- **Ministère des Affaires étrangères** (www.diplomatie.gouv.fr)
- **Organisation mondiale de la santé** (OMS ; www.who.int/fr)
- **Ministère de la Santé** (www.sante.gouv.fr). Site très complet.
- **Lonely Planet** (www.lonelyplanet.fr). Plusieurs liens.

Vaccins

Plus vous vous éloignez des circuits classiques, plus il faut prendre vos précautions. Faites inscrire vos vaccinations dans un carnet international de vaccinations (livret jaune) que vous pourrez vous procurer auprès de votre médecin ou d'un centre.

Le **ministère des Affaires étrangères** (www.diplomatie.gouv.fr/voyageurs) effectue une veille sanitaire et met régulièrement en ligne des recommandations sur les vaccinations.

Planifiez vos vaccinations à l'avance (au moins 6 semaines avant le départ), car certaines demandent des rappels ou sont incompatibles entre elles. Les vaccins ont des durées d'efficacité très variables ; certains sont contre-indiqués pour les femmes enceintes.

Seul le vaccin contre la **fièvre jaune** a un caractère obligatoire dans certaines conditions. Si vous avez visité une zone à risque (Afrique ou Amérique du Sud) dans les 6 jours précédant votre arrivée en Indonésie ou ailleurs en Asie du Sud-Est, on vous demandera la preuve de votre vaccination.

Voici les coordonnées de quelques centres de vaccination :

Institut Pasteur (☎01 45 68 80 88 ; www.pasteur.fr/fr/sante ; 209-211 rue de Vaugirard, 75015 Paris ; ⏲lun-sam, vaccinations sans rdv)

Centre de vaccination Air France (☎01 43 17 22 00 ; www.vaccinations-airfrance.fr ; 148 rue de l'Université, 75007 Paris ; ⏲lun-sam sans rdv)

Hôpital Saint-Louis – Centre de vaccinations internationales et d'informations aux voyageurs (☎ 01 42 49 46 83 ; www.vaccin-voyage-ghparis10.aphp.fr ; 1 av. Claude-Vellefaux, 75010 Paris ; ⏲jeu sur rdv, sam sans rdv)

Centre de vaccinations ISBA (☎04 72 76 88 66 ; www.isbasante.com ; 7 rue Jean-Marie-Chavant, 69007 Lyon ; ⏲lun-ven sur rdv). Autres centres en France ; coordonnées sur le site Web.

Pour les séjours en Asie du Sud-Est, l'OMS préconise les vaccins suivants :

➡ **Hépatite A** Protège presque à 100% pendant un an ; un rappel au bout de 12 mois immunise pour une vingtaine d'années au moins. Effets secondaires : maux de tête et douleurs au bras dans 5 à 10% des cas.

➡ **Hépatite B** Trois injections en l'espace de 6 mois ou formule plus rapide combinant hépatites A et B. Effets secondaires légers et rares : maux de tête et douleurs au bras. Protection à vie dans 95% des cas.

➡ **Rougeole, oreillons et rubéole** Deux doses sont nécessaires si vous n'avez jamais contracté ces maladies. Certaines personnes développent parfois des rougeurs et des symptômes ressemblant à la grippe une semaine après la vaccination. Les jeunes adultes ont souvent besoin d'un rappel.

➡ **Typhoïde** Recommandé pour les séjours de plus d'une semaine et en dehors des zones urbaines développées. Administré en une seule injection, le vaccin protège à 70% pendant deux à trois ans. On peut aussi prendre des cachets, mais ils causent davantage d'effets secondaires, tels que douleurs au bras et fièvre.

Les vaccinations suivantes sont conseillées pour les voyageurs qui séjournent plus d'un mois dans la région et les personnes à risque :

➡ **Méningite** Une seule injection. Il existe deux types de vaccination : le vaccin quadrivalent protège pendant 2 à 3 ans, celui contre la méningite C pendant une dizaine d'années. Recommandé aux moins de 25 ans qui entreprennent un voyage sac au dos de longue durée.

➡ **Rage** Trois injections plus un rappel au bout d'un an immunisent pendant 10 ans. Rares effets secondaires : maux de tête et douleurs au bras.

PENDANT LE VOYAGE

Vols long-courriers

Les trajets en avion, principalement du fait d'une immobilité prolongée, peuvent favoriser la formation de caillots sanguins dans les jambes (par exemple une phlébite). Le risque est d'autant plus élevé que le vol est plus long.

Généralement, l'un des premiers symptômes est un gonflement ou une douleur du pied, de la cheville ou du mollet.

En prévention, buvez en abondance des boissons non alcoolisées, faites jouer les muscles de vos jambes lorsque vous êtes assis et levez-vous de temps à autre pour marcher dans la cabine.

Décalage horaire et mal des transports

Le décalage horaire est fréquent dans le cas de trajet traversant plus de trois fuseaux horaires. Il se manifeste par des insomnies, de la fatigue, des malaises ou des nausées. En prévention, buvez abondamment (des boissons non alcoolisées) et mangez léger. En arrivant, exposez-vous à la lumière naturelle et adoptez les horaires locaux aussi vite que possible (pour les repas, le coucher et le lever).

Pour réduire les risques d'avoir le mal des transports,

mangez légèrement avant et pendant le voyage. Si vous êtes sujet à ces malaises, essayez de trouver un siège dans une partie du véhicule où les oscillations sont moindres : près de l'aile dans un avion, au centre sur un bateau et dans un bus. Les antihistaminiques préviennent efficacement le mal des transports, qui se caractérise principalement par une envie de vomir, mais ils peuvent provoquer une somnolence.

À BALI ET LOMBOK

Précautions élémentaires

Faire attention à ce que l'on mange et à ce que l'on boit est la première des précautions à prendre. Les troubles gastriques et intestinaux sont fréquents, même si la plupart du temps ils restent sans gravité. Ne soyez cependant pas paranoïaque et ne vous privez pas de goûter la cuisine locale, cela fait partie du voyage. N'oubliez pas également de vous laver les mains fréquemment.

Disponibilité et coût des soins

Dans le sud de Bali et à Ubud, des cliniques locales reçoivent les touristes, et n'importe quel hôtel peut vous mettre en relation avec un médecin parlant au moins l'anglais.

Clinique médicale internationale

En cas de maladie grave, les étrangers sont mieux pris en charge à la BIMS, une clinique privée onéreuse traitant essentiellement les touristes et les expatriés. Vérifiez que votre assurance maladie et/ou voyage vous couvre. Si votre état de santé est jugé sérieux, vous serez évacué par voie aérienne vers Singapour ou ailleurs. Une bonne assurance est alors vitale, car les vols peuvent coûter plus de 20 000 $US.

BIMC (carte p. 50 ; ☎0361-761263 ; www.bimcbali.com ; Jl Ngurah Rai 100X ; ⏲24h/24). Sur la rocade (*bypass road*) à l'est de Kuta, près de Bali Galleria. Clinique moderne gérée par des Australiens, qui effectue des examens, des consultations dans les hôtels et organise les évacuations sanitaires. Le prix d'une visite peut dépasser 100 $US. Antenne à Nusa Dua.

Hôpitaux

Deux établissements à Denpasar offrent de bons soins, et sont moins chers que les cliniques privées internationales.

BaliMed Hospital (☎0361-484748 ; www.balimedhospital.co.id ; Jl Mahendradatta 57). À Denpasar, du côté de Kerobokan, cet hôpital privé propose une variété de soins médicaux. Une consultation de base coûte 220 000 Rp.

Rumah Sakit Umum Propinsi Sanglah (Sanglah Hospital ; carte p. 122 ; ☎227 911 ; Denpasar ; ⏲24h/24). Le centre hospitalier de la ville

TROUSSE MÉDICALE DE VOYAGE

Veillez à emporter avec vous une petite trousse à pharmacie contenant quelques produits indispensables. Certains ne sont délivrés que sur ordonnance médicale. Attention, les liquides et les objets coupants sont interdits en cabine.

- des antibiotiques, à utiliser uniquement aux doses et aux périodes prescrites. Il n'est pas absurde de demander à votre médecin traitant de vous en prescrire pour le voyage
- un antidiarrhéique, en cas de forte diarrhée, surtout si vous voyagez avec des enfants
- un antihistaminique en cas de rhume, allergie, piqûre d'insecte, mal des transports
- un antiseptique ou un désinfectant pour les coupures, les égratignures superficielles et les brûlures, ainsi que des pansements gras pour les brûlures
- de l'aspirine ou du paracétamol (douleurs, fièvre)
- une bande Velpeau et des pansements pour les petites blessures
- une paire de lunettes de secours (si vous portez des lunettes ou des lentilles de contact) et la copie de votre ordonnance
- un produit contre les moustiques, de l'écran total
- une pommade pour soigner les piqûres et les coupures, et des comprimés pour stériliser l'eau
- une paire de ciseaux à bouts ronds, une pince à épiler et un thermomètre à alcool
- une petite trousse de matériel stérile comprenant une seringue, des aiguilles, du fil à suture, une lame de scalpel et des compresses
- des préservatifs (norme CE)

possède un service d'urgences et son personnel parle anglais. Meilleur hôpital de l'île (sans toutefois assurer des services aussi performants que dans les pays industrialisés), il abrite un service spécial pour les étrangers bénéficiant d'une assurance, le **Paviliun Amerta Wing International** (☎257 477, 740 5474).

Zones éloignées

Dans les zones isolées, les installations sont rudimentaires : en général, il y a un petit hôpital public, un cabinet médical ou un *puskesmas* (centre de soins communautaire). Dans les cliniques et les hôpitaux publics, les repas, le nécessaire de toilette et la blanchisserie sont fournis par la famille du patient.

Le **Rumah Sakit Harapan Keluarga** (☎0370-670000 ; www.harapankeluarga.co.id ; Jl Ahmad Yani 9 ; ⏲24h/24), à Mataram, est le meilleur hôpital de Lombok.

Pharmacies

Bon nombre de médicaments nécessitant une ordonnance en Occident sont en vente libre en Indonésie, dont certains antibiotiques.

La chaîne **Kimia Farma**, avec ses nombreuses pharmacies, pratique des tarifs corrects et son personnel est serviable. La chaîne **Guardian** a fait son apparition dans les zones touristiques, mais le choix est restreint et les prix exorbitants, même pour les visiteurs étrangers. Ailleurs, attention aux contrefaçons ou aux médicaments mal stockés ou périmés, qui sont monnaie courante.

Maladies infectieuses

Dengue

Cette maladie transmise par les moustiques est problématique à Bali et à Lombok et de nombreuses personnes en sont mortes ces dernières années. Il n'existe pas de traitement prophylactique. La seule prévention consiste à éviter les piqûres (jour et nuit). Poussée de fièvre, maux de tête, douleurs articulaires et musculaires précèdent une éruption cutanée sur le tronc qui s'étend ensuite aux membres puis au visage, et parfois des diarrhées. Consultez un médecin et faites-vous suivre médicalement.

Grippe aviaire

Le virus H5N1, plus connu sous le nom de grippe aviaire, a fait plus de 100 victimes en Indonésie, la plupart sur l'île de Java. L'hépatite est un terme général qui désigne une inflammation du foie. Elle est le plus souvent due à un virus. Dans les formes les plus discrètes, le patient n'a aucun symptôme. Les formes communes se manifestent par une fièvre, une fatigue qui peut être intense, des douleurs abdominales, des nausées, des vomissements, associés à la présence d'urines très foncées et de selles décolorées presque blanches. La peau et le blanc des yeux prennent une teinte jaune (ictère). L'hépatite peut parfois se résumer à un simple épisode de fatigue sur quelques jours ou quelques semaines.

➡ **Hépatite A** C'est la plus répandue en Asie du Sud-Est et la contamination est alimentaire. Il n'y a pas de traitement médical ; il faut simplement se reposer, boire beaucoup, manger légèrement en évitant les graisses et s'abstenir de toute boisson alcoolisée pendant au moins six mois. L'hépatite A se transmet par l'eau, les coquillages et, d'une manière générale, tous les produits manipulés à mains nues. Il existe un fort risque d'exposition et il vaut mieux se faire vacciner.

➡ **Hépatite B** Elle se transmet par voie sexuelle ou sanguine (piqûre, transfusion). Évitez de vous faire percer les oreilles, tatouer, raser ou de vous faire soigner par piqûres si vous avez des doutes quant à l'hygiène des lieux. Les symptômes de l'hépatite B sont les mêmes que ceux de l'hépatite A. Le vaccin est très efficace.

SE PROTÉGER DES MOUSTIQUES

Hormis les traitements préventifs, la protection contre les piqûres de moustique est le premier moyen d'éviter d'être contaminé par le paludisme. Le soir, dès le coucher du soleil, couvrez vos bras et surtout vos chevilles, mettez de la crème antimoustique. Les moustiques sont parfois attirés par le parfum ou l'après-rasage.

En dehors du port de vêtements longs, l'utilisation d'insecticides ou de répulsifs à base de DEET (de type Cinq sur Cinq) sur les parties découvertes du corps est à recommander.

Les moustiquaires, en vente en pharmacie, constituent en outre une protection efficace, à condition qu'elles soient imprégnées d'insecticide. De plus, elles sont radicales contre tout insecte (puces, punaises, etc.) et permettent d'éloigner serpents et scorpions.

Notez enfin que, d'une manière générale, le risque de contamination est plus élevé en zone rurale et pendant la saison des pluies.

Paludisme

En Indonésie, c'est dans les zones rurales que le risque de contracter le paludisme (malaria) est le plus élevé. Généralement, le problème ne concerne pas Bali ou les grandes zones touristiques de Lombok. Soyez vigilant si vous visitez des zones isolées ou sortez des deux îles principales.

Le paludisme est transmis par un moustique, l'anophèle, dont la femelle pique surtout la nuit, entre le coucher et le lever du soleil.

Le paludisme survient généralement dans le mois suivant le retour de la zone d'endémie. Symptômes : maux de tête, fièvre et troubles digestifs. Non traité, il peut avoir des suites graves, parfois mortelles. Il existe différentes formes de paludisme, dont celui à *Plasmodium falciparum* pour lequel le traitement devient de plus en plus difficile à mesure que la résistance du parasite aux médicaments gagne en intensité.

Les médicaments antipaludéens n'empêchent pas la contamination, mais ils suppriment les symptômes de la maladie. Si vous voyagez dans des régions où la maladie est endémique, il faut absolument suivre un traitement préventif. La chimioprophylaxie fait le plus souvent appel à la chloroquine (seule ou associée au proguanil), ou à la méfloquine en fonction de la zone géographique du séjour, mais d'autres produits sont utilisables, comme la malarone. Renseignez-vous impérativement auprès d'un médecin spécialisé, car le traitement n'est pas toujours identique à l'intérieur d'un même pays, et certains médicaments antipaludéens peuvent avoir d'importants effets secondaires.

Tout voyageur atteint de fièvre ou montrant les symptômes de la grippe doit se faire examiner. Il suffit d'une analyse de sang pour établir le diagnostic. Contrairement à certaines croyances, une crise de paludisme ne signifie pas que l'on est touché à vie.

Rage

Cette maladie est transmise par un animal contaminé : chien et singe principalement. Si vous avez été infecté, il faut vous faire vacciner aussitôt, car l'issue est fatale. Bali a connu une importante épidémie en 2008 et l'on compte de nouvelles victimes chaque année.

Pour minimiser les risques, pensez au vaccin antirabique (en tout, trois injections). Un rappel un an plus tard vous permettra d'être protégé pendant 10 ans. Une option à envisager compte tenu des cas de rage à Bali actuellement. Sachez par ailleurs que ces vaccins ne sont pas souvent disponibles à Bali.

Faites très attention à ne pas vous faire mordre et surveillez de près vos enfants.

La vaccination préventive ne dispense pas d'un traitement antirabique immédiatement après un contact avec un animal enragé ou dont le comportement est suspect. Si vous êtes mordu ou griffé, lavez bien votre blessure avec de l'eau et du savon et appliquez un antiseptique à base d'iode. Puis allez consulter un médecin.

Si vous n'êtes pas vacciné, vous devrez recevoir un traitement antirabique dès que possible. Lavez immédiatement la blessure et allez consulter un médecin. Bali manque cruellement d'immunoglobuline contre la rage, attendez-vous à rejoindre aussitôt Singapour pour recevoir votre traitement.

Typhoïde

La fièvre typhoïde est une infection du tube digestif. La vaccination n'est pas entièrement efficace et l'infection est particulièrement dangereuse.

Premiers symptômes : les mêmes que ceux d'un mauvais rhume ou d'une grippe, mal de tête et de gorge, fièvre qui augmente régulièrement pour atteindre 40°C ou plus. Le pouls est souvent lent par rapport à la température élevée et ralentit à mesure que la fièvre augmente. Ces symptômes peuvent être accompagnés de vomissements, de diarrhée ou de constipation. Un suivi médical est indispensable, car les complications sont fréquentes, en particulier la pneumonie (infection aiguë des poumons) et la péritonite (éclatement de l'appendice). De plus, la typhoïde est très contagieuse.

Mieux vaut garder le malade dans une pièce fraîche et veiller à ce qu'il ne se déshydrate pas.

La vaccination est recommandée pour tous les voyageurs qui passent plus d'une semaine dans le Sud-Est asiatique, ou qui voyagent en dehors des grandes villes.

VIH/sida

L'infection à VIH (virus de l'immunodéficience humaine), agent causal du sida (syndrome d'immunodéficience acquise), est un problème grave dans de nombreux pays asiatiques, et Bali compte parmi les plus hauts taux d'infection d'Indonésie. Les rapports sexuels avec des habitants, des prostitués ou d'autres voyageurs constituent le risque principal.

L'utilisation d'un préservatif (*kondom*) réduit de façon significative le risque de transmission du virus. Ils s'achètent dans les supermarchés, aux étals de rue et dans les magasins des zones touristiques, ainsi que dans les *apotik* (pharmacies) de presque toutes les villes. Évitez d'acheter les marques les moins chères.

INTOXICATION PAR L'ALCOOL

Des cas de lésions et de décès causés par de l'*arak* (normalement distillé à partir de sucre de palme ou de canne) frelaté avec du méthanol, un alcool primaire toxique, ont été signalés parmi les touristes et les habitants. Même si l'*arak* est un alcool consommé fréquemment, évitez d'en prendre en dehors des restaurants et des cafés bien établis.

Diarrhée du voyageur

La diarrhée du voyageur (souvent appelée "Bali belly") est, de loin, le problème de santé le plus courant risquant d'affecter les voyageurs – entre 30 et 50% des personnes en souffriront durant les deux premières semaines de leur séjour.

Le changement de nourriture, d'eau ou de climat suffit à la provoquer ; si elle est causée par des aliments ou de l'eau contaminés, le problème est plus grave. En dépit de toutes vos précautions, vous aurez peut-être la "turista", mais quelques visites aux toilettes sans aucun autre symptôme n'ont rien d'alarmant. La déshydratation est le danger principal lié à toute diarrhée, particulièrement chez les enfants.

Traitement de la diarrhée

Le premier traitement consiste à boire beaucoup : idéalement, il faut mélanger 8 cuillerées à café de sucre et une de sel dans un litre d'eau. Sinon, du thé noir léger, avec peu de sucre, des boissons gazeuses qu'on laisse se dégazéifier et qu'on dilue à 50% avec de l'eau purifiée sont à recommander.

En cas de forte diarrhée, il faut prendre une solution réhydratante pour remplacer les sels minéraux. Quand vous irez mieux, continuez à manger légèrement. Les antibiotiques peuvent être utiles dans le traitement de diarrhées très fortes, en particulier si elles sont accompagnées de nausées, de vomissements, de crampes d'estomac ou d'une fièvre légère. Trois jours de traitement sont généralement suffisants, et on constate normalement une amélioration dans les 24 heures. Toutefois, lorsque la diarrhée persiste au-delà de 48 heures ou s'il y a présence de sang dans les selles, il est préférable de consulter un médecin.

Giardiase

Le parasite intestinal *Giardia lamblia* est présent dans l'eau souillée ou dans les aliments souillés par l'eau. Symptômes : crampes d'estomac, nausées, estomac ballonné, selles très liquides et nauséabondes, et gaz fréquents. La giardiase peut n'apparaître que plusieurs semaines après la contamination. Les symptômes peuvent disparaître pendant quelques jours puis réapparaître, et ce pendant plusieurs semaines.

Affections liées à l'environnement

Chaleur

La plupart des régions d'Indonésie sont chaudes et humides toute l'année. La majorité des voyageurs ne s'acclimateront à la chaleur qu'au bout de deux semaines seulement. Le gonflement des pieds et des chevilles est courant, comme le sont les crampes musculaires causées par une sudation excessive. Prenez garde à la déshydratation et à l'activité physique prolongée en cas de forte chaleur.

Coup de chaleur Parfois grave, parfois mortel, il survient quand le mécanisme de régulation thermique du corps ne fonctionne plus : la température s'élève alors de façon dangereuse. De longues périodes d'exposition à des températures élevées peuvent vous rendre vulnérable au coup de chaleur. Évitez l'alcool et les activités fatigantes lorsque vous arrivez dans un pays à climat chaud. Les symptômes : malaise général, transpiration faible ou inexistante et forte fièvre (39 à 41°C). Là où la transpiration a cessé, la peau devient rouge. La personne qui souffre d'un coup de chaleur est atteinte d'une céphalée lancinante et éprouve des difficultés à coordonner ses mouvements ; elle peut aussi donner des signes de confusion mentale ou d'agressivité. Enfin, elle délire et est en proie à des convulsions. Il faut absolument hospitaliser le malade. En attendant les secours, installez-le à l'ombre, ôtez-lui ses vêtements, couvrez-le d'un drap ou d'une serviette mouillés et éventez-le continuellement.

Insolation Une exposition prolongée au soleil peut provoquer une insolation. Symptômes : nausées, peau chaude, maux de tête. Dans ce cas, il faut rester dans le noir, appliquer une compresse d'eau froide sur les yeux et prendre de l'aspirine.

Éruption sudorale C'est une éruption cutanée fréquente sous les tropiques, causée par l'emprisonnement de la sueur sous la peau. Il en résulte une éruption de petites vésicules qui démangent. Pour y remédier, restez quelques heures dans un endroit climatisé et prenez des douches fraîches.

Coup de soleil

Même par temps couvert, il est possible d'avoir un coup de soleil, surtout près de l'équateur. Pensez à :

BOIRE DE L'EAU

Ne buvez jamais l'eau du robinet en Indonésie.

Facile à trouver et peu chère, l'eau en bouteille est généralement sûre ; vérifiez toutefois que le bouchon n'a pas été décapsulé. Vous pouvez aussi refaire le plein d'eau à certains endroits, ce qui réduit la formation de déchets.

Les glaçons dans les restaurants sont bons s'ils sont de taille identique et faits en usine (dans les grandes villes et les régions touristiques). Évitez ceux qui sont irréguliers (plutôt dans les zones rurales).

Évitez les jus de fruits en dehors des restaurants et cafés touristiques.

- Utiliser une crème solaire à fort indice (au moins 30).
- Appliquer votre crème après chaque baignade.
- Porter un chapeau à larges bords et des lunettes de soleil.
- Éviter les expositions au soleil entre 10h et 14h (heures les plus chaudes).

Piqûres et morsures

Pendant la durée de votre séjour en Indonésie, vous passerez bien de ces amis non désirés.

Méduses La plupart sont irritantes plus que dangereuses. Leur piqûre peut être très douloureuse, mais elle est rarement mortelle. Si vous vous faites piquer, passez du vinaigre sur la partie infectée afin de neutraliser le poison. Des antihistaminiques et des analgésiques limiteront la réaction et la douleur. Si celle-ci persiste, n'hésitez pas à consulter.

Punaises Elles affectionnent la literie douteuse. Si vous repérez de petites taches de sang sur les draps ou les murs autour du lit, cherchez un autre hôtel. Les piqûres de punaise forment des alignements réguliers. Une pommade calmante apaisera la démangeaison.

Tiques On les trouve dans les zones rurales. Elles se logent derrière les oreilles, sur le ventre et sous les aisselles. Si, après avoir été piqué, vous ressentez une démangeaison, de la fièvre et des douleurs musculaires, consultez un médecin.

Plongée

Il est recommandé aux plongeurs et aux surfeurs de s'informer auprès d'un professionnel avant le départ pour s'assurer que leur trousse de secours contient les médicaments appropriés en cas de coupure par du corail ou d'infection des oreilles, ainsi que pour les problèmes habituels. Si vous plongez, assurez-vous que vous êtes couvert en cas d'accident (notamment de décompression), ou contractez une assurance spéciale.

Sanur possède une **chambre de décompression**, proche en bateau rapide de Nusa Lembongan. S'y rendre du nord de Bali peut prendre entre 3 et 4 heures.

Problèmes de peau

Infections fongiques Elles sont courantes dans les climats humides. Elles apparaissent souvent sur les parties du corps les moins "aérées" (aine, aisselles, orteils) et se caractérisent par une tache rouge qui grossit lentement, souvent accompagnée de démangeaisons. Le traitement consiste à garder la peau sèche, à éviter les frottements et à utiliser une crème antifongique.

Coupures et égratignures Les blessures s'infectent facilement dans les climats chauds et cicatrisent difficilement. Coupures et égratignures doivent être traitées avec un antiseptique et du désinfectant cutané. Évitez si possible bandages et pansements, qui empêchent la plaie de sécher. Les plongeurs et les surfeurs feront attention aux coupures de corail, susceptibles et s'infecter et longues à cicatriser.

Santé au féminin

Dans les secteurs touristiques et les grandes villes, on trouve facilement des serviettes et des tampons hygiéniques. Il est moins aisé de s'en procurer dans les zones rurales.

Il peut être difficile de trouver des contraceptifs ; mieux vaut les emporter dans vos bagages.

Langue

L'indonésien, ou *bahasa indonesia*, est la langue nationale officielle. Elle est parlée par environ 220 millions de personnes, mais ce n'est la langue maternelle que de 20 millions d'entre eux. À Bali et à Lombok, la plupart des gens parlent aussi leur langue d'origine qui sont, respectivement, le balinais et le sasak. L'apprentissage de ces deux langues n'est pas impératif pour le voyageur occasionnel, même s'il peut être amusant de connaître quelques mots.

La prononciation du *bahasa indonesia* ne pose pas de problème. La même lettre représente toujours le même son et la plupart des lettres se prononcent plus ou moins de la même manière qu'en français. Toutefois, le *c* se prononce "tch" (comme "macho"), le *e* se prononce parfois à peine, parfois "é" et parfois "eu", le *j* se prononce "dj" (comme dans jet), le *k* ne se prononce pas en fin de mot (la gorge se ferme sans émettre de son), le *r* est légèrement roulé et le *u* se prononce "ou".

Presque toutes les syllabes se prononcent de la même manière, mais la règle générale est d'accentuer l'avant-dernière. La principale exception est le *e* non accentué dans les mots comme *besar* (grand).

L'indonésien écrit se révèle parfois fantaisiste avec des orthographes variables pour les noms de lieux. Les noms composés peuvent s'écrire en un ou deux mots, par exemple Airsanih ou Air Sanih, Padangbai ou Padang Bai. Les termes commençant par "Ker" perdent parfois le *e*, comme dans Kerobokan/Krobokan. Certaines variantes orthographiques datant de l'ère néerlandaise ont aussi subsisté, avec *tj* au lieu du *c* actuel (comme dans Tjampuhan/Campuan), ou *oe* au lieu de *u* (Soekarno/Sukarno).

Les pronoms, en particulier "tu/vous", sont rarement utilisés en indonésien. *Anda* est la forme égalitaire utilisée pour remplacer la pléthore de mots pour "tu/vous".

POUR ALLER PLUS LOIN

Indispensable pour mieux communiquer sur place : le guide de conversation *Indonesian Phrasebook* (en anglais), de Lonely Planet, constitue une excellente introduction. Pour réserver une chambre, lire un menu ou simplement faire connaissance, ce manuel permet d'acquérir des rudiments d'indonésien. Inclus : un minidictionnaire bilingue.

VOCABULAIRE DE BASE

Salut	*Salam*
Au revoir (si on part)	*Selamat tinggal*
Au revoir (si on reste)	*Selamat jalan*
Comment allez-vous ?	*Apa kabar?*
Je vais bien, et vous ?	*Kabar baik, Anda bagaimana?*
Excusez-moi	*Permisi*
Désolé	*Maaf*
S'il vous plaît	*Silahkan*
Merci	*Terima kasih*
Bienvenue	*Kembali*
Oui/Non	*Ya/Tidak*
Monsieur	*Bapak*
Madame	*Ibu*
Mademoiselle	*Nona*
Quel est votre nom ?	*Siapa nama Anda?*
Je m'appelle...	*Nama saya ...*
Parlez-vous anglais ?	*Bisa berbicara Bahasa Inggris?*
Je ne comprends pas.	*Saya tidak mengerti*

HÉBERGEMENT

Avez-vous une chambre disponible ?	*Ada kamar kosong?*
Quel est le prix par jour/personne ?	*Berapa satu malam/orang?*
Le petit-déjeuner est-il inclus ?	*Apakah harganya ter masuk makan pagi?*
Je cherche une place dans un dortoir	*Saya mau satu tempat tidur di asrama*
auberge de jeunesse	*pemuda*
camping	*tempat kemah*

hôtel	*hotel*
pension (guesthouse)	*losmen*

une chambre...	*kamar...*
simple	*untuk satu orang*
double	*untuk dua orang*

climatisée	*dengan AC*
salle de bains	*kamar mandi*
berceau	*velbet*
fenêtre	*jendela*

DIRECTIONS

Où se trouve...... ?	*Di mana ...?*
Quelle est l'adresse ?	*Alamatnya di mana?*
Pouvez-vous me l'écrire s'il vous plaît ?	*Anda bisa tolong tuliskan?*
Pouvez-vous me montrer *tunjukkan* **(sur la carte) ?**	*Anda bisa tolong* *pada saya (di peta)?*

à l'angle	*di sudut*
aux feux de (circulation)	*di lampu merah*
derrière	*di belakang*
en face de	*di depan*
loin (de)	*jauh (dari)*
gauche	*kiri*
près (de)	*dekat (dengan)*
à côté de	*di samping*
en face	*di seberang*
droite	*kanan*
tout droit	*lurus*

AU RESTAURANT

Que recommandez-vous ?	*Apa yang Anda rekomendasikan?*
Qu'est-ce qu'il y a ? dans ce plat ?	*Hidangan ituisinya apa?*
C'était délicieux.	*Ini enak sekali.*
Santé !	*Bersulang!*
L'addition, s'il vous plaît.	*Tolong bawa kuitansi.*

Je ne mange pas de...	*Saya tidak mau makan ...*
produits laitiers	*susu dan keju*
poisson	*ikan*
viande (rouge)	*daging (merah)*
cacahuètes	*kacang tanah*
fruits de mer	*makanan laut*
une table...	*meja ...*
à (8) heures	*pada jam (delapan)*
pour (2) personnes	*untuk (dua) orang*

PHRASES CLÉS

Pour dire quelques mots en indonésien, utilisez ces modèles de phrase en y insérant les mots de votre choix :

Quand est (le prochain bus) ?
Jam berapa (bis yang berikutnya)?

Où se trouve (la gare) ?
Di mana (stasiun)?

Quel est le prix (par jour) ?
Berapa (satu malam)?

Je cherche (un hôtel).
Saya cari (hotel).

Avez-vous (une carte locale) ?
Ada (peta daerah)?

Où sont (les toilettes) ?
Ada (kamar kecil)?

Puis-je (entrer) ?
Boleh saya (masuk)?

Ai-je besoin (d'un visa) ?
Saya harus pakai (visa)?

J'ai (une réservation).
Saya (sudah punya booking).

J'ai besoin (d'aide).
Saya perlu (dibantu).

J'aimerais (le menu).
Saya minta (daftar makanan).

Je voudrais (louer une voiture).
Saya mau (sewa mobil)

Pouvez-vous (m'aider) ?
Bisa Anda (bantu) saya?

Mots clés

assiette	*piring*
avec	*dengan*
bar	*bar*
bouteille	*botol*
bol	*mangkuk*
petit-déjeuner	*sarapan*
café	*kafe*
chaise haute	*kursi tinggi*
chaud	*panas*
couteau	*pisau*
cuillère	*sendok*
déjeuner	*makan siang*
dîner	*makan malam*
épicé	*pedas*
fourchette	*garpu*
froid	*dingin*
carte des boissons	*daftar minuman*
marché	*pasar*

PANNEAUX

Buka	Ouvert
Dilarang	Interdit
Kamar Kecil	Toilettes
Keluar	Sorties
Masuk	Entrée
Pria	Hommes
Tutup	Fermé
Wanitai	Femmes

menu/carte	*daftar makanan*
menu enfant	*menu untuk anak-anak*
nourriture	*makanan*
nourriture pour bébé (lait maternisé)	*susu kaleng*
nourriture végétarienne	*makanan tanpa daging*
poisson	*piring*
restaurant	*rumah makan*
salade	*selada*
sans	*tanpa*
serviette (de table)	*tisu*
soupe	*sop*
stand de nourriture	*warung*
verre	*gelas*

Viande et poisson

bœuf	*daging sapi*
canard	*bebek*
carpe	*ikan mas*
crevette	*udang*
dinde	*kalkun*
maquereau	*tenggiri*
mouton	*daging anak domba*
poisson	*ikan*
porc	*daging babi*
poulet	*ayam*
thon	*cakalang*
viande	*daging*

Fruits et légumes

ananas	*nenas*
aubergine	*terung*
banane	*pisang*
carotte	*wortel*
chou	*kol*
chou-fleur	*blumkol*
citron	*jeruk asam*
concombre	*timun*
dattes	*kurma*
épinard	*bayam*
fruit	*buah*
haricots	*kacang*
légumes	*sayur-mayur*
orange	*jeruk manis*
pastèque	*semangka*
pomme	*apel*
pomme de terre	*kentang*
raisin	*buah anggur*
raisins secs	*kismis*

Divers

beurre	*mentega*
confiture	*selai*
fromage	*keju*
huile	*minyak*
œuf	*telur*
miel	*madu*
nouilles	*mie*
pain	*roti*
piment	*cabai*
poivre	*lada*
riz	*nasi*
sauce au piment	*sambal*
sauce de soja	*kecap*
sel	*garam*
sucre	*gula*
vinaigre	*cuka*

Boissons

bière	*bir*
boisson non alcoolisée	*minuman ringan*
café	*kopi*
eau	*air*
jus	*jus*
lait	*susu*
lait de coco	*santan*
thé	*teh*
vin blanc	*anggur putih*
vin de palme	*tuak*
vin rouge	*anggur merah*
yogourt	*susu masam kental*

URGENCES

À l'aide !	*Tolong saya !*
Je suis perdu	*Saya tersesat*
Laissez-moi tranquille !	*Jangan ganggu saya!*
Il est arrivé un accident	*Ada kecelakaan*
Puis-je utiliser votre téléphone ?	*Boleh saya pakai telpon genggamnya?*
Appelez un médecin !	*Panggil dokter!*
Appelez la police !	*Panggil polisi!*
Je suis malade	*Saya sakit*
J'ai mal ici	*Sakitnya di sini*
Je suis allergique aux (antibiotiques)	*Saya alergi (antibiotik)*

ACHATS ET SERVICES

J'aimerais acheter...	*Saya mau beli ...*
Je regarde seulement	*Saya lihat-lihat saja*
Puis-je le regarder ?	*Boleh saya lihat ?*
Je ne l'aime pas	*Saya tidak suka*
Combien ça coûte ?	*Berapa harganya ?*
C'est trop cher	*Itu terlalu mahal*
Pouvez-vous baisser le prix ?	*Boleh kurang ?*
Il y a une erreur dans l'addition	*Ada kesalahan dalam kuitansi ini*
bureau de change	*kantor penukaran mata uang asing*
carte de crédit	*kartu kredit*
cybercafé	*warnet*
office du tourisme	*kantor pariwisata*
poste	*kantor pos*
signature	*tanda tangan*
téléphone portable	*hanpon*

HEURES ET DATES

Quelle heure est-il ?	*Jam berapa sekarang?*
Il est (10) heures	*Jam (sepuluh)*
(6) heures et demie	*Setengah (tujuh)*

MOTS INTERROGATIFS

Comment ?	*Bagaimana?*
Quoi ?	*Apa?*
Quand ?	*Kapan?*
Où ?	*Di mana?*
Lequel ?	*Yang mana?*
Qui ?	*Siapa?*
Pourquoi ?	*Kenapa?*

le matin	*pagi*
l'après-midi	*siang*
le soir	*malam*
aujourd'hui	*hari ini*
demain	*besok*
hier	*kemarin*
lundi	*hari Senin*
mardi	*hari Selasa*
mercredi	*hari Rabu*
jeudi	*hari Kamis*
vendredi	*hari Jumat*
samedi	*hari Sabtu*
dimanche	*hari Minggu*
janvier	*Januari*
février	*Februari*
mars	*Maret*
avril	*April*
mai	*Mei*
juin	*Juni*
juillet	*Juli*
août	*Agustus*
septembre	*September*
octobre	*Oktober*
novembre	*Nopember*
décembre	*Desember*

TRANSPORTS

Transports publics

autorickshaw	*bajaj*
avion	*pesawat*
bateau (en général)	*kapal*
bateau (local)	*perahu*
bus	*bis*
cyclo-pousse	*becak*
minibus	*bemo*
moto-taxi	*ojek*
taxi	*taksi*
train	*kereta api*

Je veux aller à...	*Saya mau ke ...*
Combien est-ce pour... ?	*Ongkos ke ... berapa?*
À quelle heure part-il ?	*Jam berapa berangkat?*
À quelle heure arrive-t-il à... ?	*Jam berapa sampai di ...?*
Est-ce qu'il s'arrête à... ... ?	*Di ... berhenti?*

NOMBRES

1	*satu*
2	*dua*
3	*tiga*
4	*empat*
5	*lima*
6	*enam*
7	*tujuh*
8	*delapan*
9	*sembilan*
10	*sepuluh*
20	*duapuluh*
30	*tigapuluh*
40	*empatpuluh*
50	*limapuluh*
60	*enampuluh*
70	*tujuhpuluh*
80	*delapanpuluh*
90	*sembilanpuluh*
100	*seratus*
1 000	*seribu*

Quel est le prochain arrêt ? *Apa nama halte berikutnya?*
Pouvez-vous me dire quand nous ... arrivons à... ? *Tolong, beritahu waktu kita sampai di ...?*
Arrêtez-vous ici, s'il vous plaît *Tolong, berhenti di sini*

le premier *pertama*
le dernier *terakhir*
le suivant *yang berikutnya*

un billet... *tiket ...*
1re classe *kelas satu*
2e classe *kelas dua*
aller simple *sekali jalan*
aller-retour *pulang pergi*

annulé *dibatalkan*
billetterie *loket tiket*
gare ferroviaire *stasiun kereta api*
(indicateur) horaire *jadwal*
place côté couloir *tempat duduk dekat gang*
place côté fenêtre *tempat duduk dekat jendela*
quai *peron*
retardé *terlambat*

Voiture et deux-roues

J'aimerais louer un(e)... *Saya mau sewa ...*
4x4 *gardan ganda*
moto *sepeda motor*
vélo *sepeda*
voiture *mobil*

casque *helem*
diesel *solar*
essence *bensin*
mécanique *montir*
pompe (à vélo) *pompa sepeda*
siège enfant *kursi anak untuk di mobil*
station-service *pompa bensin*

Est-ce que c'est la route pour... ? *Apakah jalan ini ke ...?*
(Combien de temps) puis-je stationner ici ? *(Berapa lama) Saya boleh parkir di sini?*
La voiture/moto est en panne *Mobil/Motor mogok*
J'ai un pneu à plat *Ban saya kempes*
Je n'ai plus d'essence *Saya kehabisan bensin*

LANGUES LOCALES

Balinais

Comment allez-vous ? *Kenken kabare?*
Quel est votre nom ? *Sire wastene?*
Je m'appelle... *Adan tiange ...*
Je ne comprends pas. *Tiang sing ngerti.*
Combien coûte ceci ? *Ji kude niki?*
Merci *Matur suksma*
Comment appelez-vous cela en balinais ? *Ne ape adane di Bali ?*
Quel est le chemin pour... ? *Kije jalan lakar kel ...?*

Sasak

Quel est votre nom ? *Saik aranm side?*
Je m'appelle... *Arankah aku ...*
Je ne comprends pas. *Endek ngerti.*
Combien coûte ceci ? *Pire ajin sak iyak?*
Merci *Tampak asih*
Comment appelez-vous cela en sasak ? *Ape aran sak iyak elek bahase Sasek?*
Quel est le chemin pour... ? *Lamun lek ..., embe eak langantah?*

GLOSSAIRE

adat – us et coutumes

adharma – mal

aling aling – petit mur qui protège l'entrée des maisons

alus – les "gentils" dans un arja (forme de théâtre)

anak-anak – enfants

angker – maléfique, sinistre

angklung – version portable

apotik – pharmacie

arja – forme raffinée de théâtre balinais, opéra dansé

Arjuna – l'un des héros du Mahabharata et image populaire de gardien de temple

bahasa – langue ; le *bahasa indonesia* est la langue nationale de l'Indonésie

bale – pavillon ouvert doté d'un toit de chaume pentu

bale banjar – lieu de réunion du banjar ; maison où l'on se réunit et où s'entraîne l'orchestre du gamelan

bale tani – maison familiale à Lombok ; voir aussi *serambi*

balian – guérisseur

banian – arbre du genre ficus, voisin du figuier, souvent considéré comme sacré ; voir aussi *waringin*

banjar – division territoriale d'un village représentée par tous les hommes adultes mariés

bapak – père et vocatif poli quand on s'adresse à un vieil homme ; voir aussi *pak*

Barong – créature mythique mi-lion, mi-chien

baten tegeh – pyramides décoratives de fruits, de gâteaux de riz et de fleurs

batik – procédé d'impression d'un tissu qui consiste à en recouvrir une partie avec de la cire, puis à teindre l'autre avant de faire fondre la cire. La partie enduite n'a donc pas pris la teinture et l'on répète l'opération pour chaque couleur.

batu bolong – pierre trouée

belalu – bois léger tiré d'un arbre qui pousse très vite

bemo – moyen de transport souvent utilisé à Bali, mais surtout à Lombok ; généralement un minibus, mais aussi parfois un pick-up dans les zones rurales

bensin – essence (carburant)

beruga – salle de réunion communale à Bali ; pavillon ouvert à Lombok

bhur – monde des démons

bhwah – monde des humains

Brahma – le créateur, l'un des dieux de la trinité hindouiste

Brahmana – la caste des prêtres et la plus haute des castes balinaises ; si tous les prêtres sont des brahmanes, tous les brahmanes ne sont pas des prêtres

bu – mère ; forme abrégée d'*ibu*

bukit – colline ; nom de la péninsule du sud de Bali

bulau – mois

candi – sanctuaire, de plan javanais à l'origine ; également appelé *prasada*

candi bentar – porte d'entrée d'un temple

cendrawasih – oiseaux de paradis

cengceng – cymbales

cidomo – petite carriole à cheval, avec des roues de voiture (Lombok)

cili – représentations de Devi Sri, déesse du riz

dalang – marionnettiste et conteur d'un spectacle de *wayang kulit*

Dalem Bedaulu – dernier souverain légendaire de la dynastie Pejeng

danau – lac

desa – village

deva – divinité ou esprit surnaturel

devi – déesse

Devi Sri – déesse du riz

dharma – bon, bien

dokar – carriole à cheval ; appelée *cidomo* à Lombok

Durga – déesse de la Mort et de la Destruction, épouse de Shiva

dusun – petit village

endek – tissu élégant, comme le *songket*, dont la trame est préteinte

Gajah Mada – célèbre Premier ministre Majapahit qui vainquit le dernier roi de Bali et étendit le pouvoir des Majapahit sur l'île

Galungan – grande fête balinaise qui a lieu, chaque année, le 210e jour du calendrier balinais *wuku*

gamelan – orchestre traditionnel balinais, composé essentiellement de percussions (grands xylophones, gongs, etc.) ; il peut compter plus d'une vingtaine de musiciens ; terme également utilisé pour l'instrument lui-même tel que le tambour ; aussi appelé *gong*

Ganesh – fils de Shiva à tête d'éléphant

gang – ruelle ou chemin

Garuda –créature mythique mi-homme, mi-oiseau, véhicule de Vishnu ; symbole moderne de l'Indonésie (et de la compagnie aérienne nationale)

gedong – lieu saint

genggong – spectacle musical de Lombok

gili – petite île (Lombok)

goa – grotte ; aussi orthographié "gua"

gong – voir gamelan

gong gede – grand orchestre ; forme traditionnelle du gamelan comportant de 35 à 40 musiciens

gong kebyar – forme moderne d'un *gong gede*, qui comprend jusqu'à 25 instruments

gua – (ou goa) grotte

gunung – montagne

gunung api – volcan

gusti – titre de politesse des membres de la caste Wesia

Hanuman – le dieu-singe qui joue un rôle majeur dans le Ramayana

homestay – petit hébergement tenu par une famille ; voir aussi *losmen*

ibu – mère ; et vocatif poli quand on s'adresse à une femme d'un certain âge

Ida Bagus – titre honorifique pour un brahmane

ikat – tissu dont les motifs sont obtenus en teignant individuellement les fils avant le tissage

jalak putih – nom local de l'étourneau de Bali

jalan – route ou rue ; abrégé en Jl

jepun – frangipanier

Jl – jalan ; route ou rue

kahyangan jagat – temples directionnels

kain – pièce de tissu que l'on enroule autour de la taille et des hanches, par-dessus un sarong

kain poleng – pièce de tissu à carreaux noirs et blancs

kaja – dans la direction des montagnes ; voir aussi *kelod*

kaja-kangin – coin de la cour

kaki lima – carriole de vendeur de nourriture ambulant

kala – face démoniaque surmontant souvent la porte des temples

kamben – pièce de *songket* enroulée autour de la poitrine pour les grandes occasions

kampung – village ou quartier

kangin – lever du soleil

kantor – bureau

kantor imigrasi – bureau de l'immigration

kantor pos – bureau de poste

kawi – javanais classique ; langue de la poésie

kebyar – type de danse

Kecak – danse balinaise traditionnelle retraçant un épisode du Ramayana et mettant en scène le prince Rama et la princesse Sita

kedais – café (lieu)

kelod – la direction opposée à la montagne, vers la mer ; voir aussi *kaja*

kempli – gong

kendang – tambours

kepala desa – chef de village

kori agung – porche qui mène à la deuxième cour dans un temple

kras – les "méchants" dans un spectacle arja

kriss – dague traditionnelle

kuah – côté du soleil couchant

kulkul – tambour façonné dans un tronc d'arbre qu'on frappe pour sonner l'alarme ou appeler à un rassemblement

labuhan – port ; aussi appelé *pelabuhan*

laki-laki – garçon

lamak – longues bandes en feuilles de palmier tressées qu'on accroche dans les temples pendant les cérémonies et les fêtes

langse – tentures décoratives rectangulaires qu'on suspend dans les palais et les temples

legong – danse classique balinaise ; jeunes filles qui dansent le *legong*

lontar – feuilles de palmier ayant subi une préparation spéciale

losmen – petit hôtel balinais, souvent tenu par une famille

lulur – masque corporel

lumbung – grenier à riz surmonté d'un toit rond ; symbole architectural de Lombok

Mahabharata – épopée de la mythologie hindoue racontant la bataille entre les Kaurava et les Pandava ; l'un des grands livres de l'hindouisme

Majapahit – la dernière grande dynastie hindoue de Java

mekepung – courses traditionnelles de buffles

meru – sanctuaire à plusieurs toits dans les temples ; le nom vient du Mahameru, la montagne sacrée des hindouistes

mobil – voiture

moksa – libération des désirs terrestres

muncak – chevrotain

naga – créature mythique qui ressemble à un serpent

nusa – île ; aussi *pulau*

Nusa Tenggara Barat (NTB) – Nusa Tenggara Ouest ; province d'Indonésie comprenant les îles de Lombok et de Sumbawa

nyale – poisson ressemblant à un ver pêché au large de Kuta, à Lombok

Nyepi – grande fête annuelle du calendrier hindouiste *saka*, jour de repos total et d'immobilité après une nuit passée à pourchasser les mauvais esprits

ogoh-ogoh – énormes dragons que l'on voit lors de la fête de Nyepi

ojek – moto-taxi

open – hauts bâtiments en brique rouge

padi – riz sur pied

padmasana – dans un temple, autel à l'allure de siège vide

pak – père ; forme raccourcie de *bapak*

pantai – plage

paras – roche volcanique tendre, de couleur grise, utilisée dans la sculpture

pasar – marché

pasar malam – marché nocturne

pecalang – police d'un village ou d'un *banjar*

pedagang – marchands ambulants

pemangku – gardiens du temple et prêtres chargés des rites

perempuan – fille

plus plus – supplément de 21%, correspondant à l'ensemble taxe et service, ajouté à la note par les hébergements et les restaurants des catégories moyenne et supérieure

pondok – hébergement sommaire ou paillote

prada – tissu rehaussé de feuille d'or, ou de peinture et de fils d'argent ou d'or

prahu – bateau traditionnel indonésien à balancier

prasada – sanctuaire ; voir aussi *candi*

prasasti – assiette de cuivre gravé

propinsi – province. L'Indonésie compte 27 propinsi – Bali est un *propinsi*, Lombok et l'île voisine de Sumbawa forment le propinsi de Nusa Tenggara Barat (NTB)

pulau – île ; aussi *nusa*

puputan – combat rituel jusqu'à la mort, un choix suicidaire mais honorable face à un ennemi invincible

pura – temple

pura dalem – temple des morts

pura desa – temple du village pour les rites quotidiens

pura puseh – temple des fondateurs ou pères d'un village, en hommage à ses origines

pura subak – temple d'une association villageoise de riziculteurs

puri – palais

pusit kota – indique, sur les panneaux routiers, le centre de la ville

raja – seigneur ou prince

Ramayana – épopée mythologique dont les épisodes forment la trame centrale de maints contes et danses balinais ; l'un des écrits fondamentaux de l'hindouisme

Rangda – sorcière-veuve qui représente le mal dans le théâtre et la danse balinais

raya – grand-route ; ainsi, Jl Raya Ubud signifie "la grand-route d'Ubud"

RRI – Radio Republik Indonesia ; radio nationale indonésienne

rumah makan – restaurant ; littéralement "maison pour manger"

saiban – offrande

Sasak – ethnie originaire de Lombok ; désigne aussi la langue

sash – ceinture en tissu à nouer sur un sarong (homme)

sate – satay

sawah – rizière ; voir aussi *subak*

selat – détroit

sepeda – vélo

sepeda motor – moto

serambi – véranda ouverte sur un *bale tani*, maison familiale traditionnelle à Lombok

Shiva – le créateur et le destructeur ; l'un des trois grands dieux hindous

songket – tissu brodé de fils d'or ou d'argent, tissé à la main selon la technique de la trame flottante

stupa – sanctuaire en forme de dôme renfermant des reliques du Bouddha ou de hauts dignitaires religieux

subak – système d'irrigation et de gestion des rizières en terrasses géré par une association villageoise

Sudra – caste inférieure à laquelle appartiennent la plupart des Balinais

sungai – rivière

swah – monde des dieux

tahun – année

taksu – messager des dieux

tanjung – cap, promontoire

teluk – golfe ou baie

tika – pièce de tissu imprimée ou de bois sculpté représentant le cycle du Pawukon

tirta ou **toya** – eau

undagi – celui qui conçoit un bâtiment, généralement un architecte-prêtre

Vishnu – des trois grands dieux hindous, c'est celui qui préserve l'univers

wantilan – grand *bale* (pavillon) où ont lieu des réunions, des représentations et des combats de coqs ; aire communautaire

waria – travesti ou transsexuel ; dérivé des termes *wanita* et *pria*

waringin – grand arbre très large pourvu de racines aériennes qui s'enfoncent dans la terre pour donner naissance à d'autres arbres ; voir *banian*

wartel – bureau téléphonique public ; contraction de *warung telekomunikasi*

warung – stand de nourriture ou gargote

wayang kulit – marionnettes en cuir du théâtre d'ombres ; voir aussi *dalang*

wetu telu (Wektu Telu) – religion spécifique à Lombok, originaire de Bayan et qui combine de nombreux principes de l'islam et divers aspects d'autres religions

wuku – calendrier balinais composé de 10 semaines qui durent de 1 à 10 jours et se déroulent simultanément ; voir aussi *saka*

yeh – eau ; rivière

yoni – symbole de l'organe sexuel féminin

En coulisses

VOS RÉACTIONS ?

Vos commentaires nous sont très précieux et nous permettent d'améliorer constamment nos guides. Notre équipe lit toutes vos lettres avec la plus grande attention. Nous ne pouvons pas répondre individuellement à tous ceux qui nous écrivent, mais vos commentaires sont transmis aux auteurs concernés. Tous les lecteurs qui prennent la peine de nous communiquer des informations sont remerciés dans l'édition suivante, et ceux qui nous fournissent les renseignements les plus utiles se voient offrir un guide.

Pour nous faire part de vos réac+tions, prendre connaissance de notre catalogue et vous abonner à notre newsletter, consultez notre site Internet : **www.lonelyplanet.fr**

Nous reprenons parfois des extraits de notre courrier pour les publier dans nos produits, guides ou sites web. Si vous ne souhaitez pas que vos commentaires soient repris ou que votre nom apparaisse, merci de nous le préciser. Notre politique en matière de confidentialité est disponible sur notre site Internet.

À NOS LECTEURS

Merci à tous les voyageurs qui ont utilisé la dernière édition de ce guide et qui nous ont écrit pour nous faire part de leurs conseils, de leurs suggestions et de leurs anecdotes :

Olivier Arnould, Sophie Ascenci, Mireille et Claude Châtel, Benoît Clouard, M. Cognet, Émilie Courtet, Valérie Delorme, Julie Delvalle, Caroline Deve, François Dufour, Marie-Gabrielle et Aurélien Gauthier, Fernande et Jean-Pierre Gigoux, famille Haule, Adrien Joujoux, Brigitte Kalfleche, Ndiaye Kebe, Françoise Lizana, Antoine Morieux, Julien Pauly, Léa Pradel, Aurélie Renaud, Michel Roy, Élodie Tricoche, Odile Ulrich.

UN MOT DE L'AUTEUR

Ryan Ver Berkmoes

Pour cette édition, mon 100e guide Lonely Planet (!), mille mercis à mes amis Patticakes, Ibu Cat, Hanafi, Stuart et Suzanne, aux infatigables Ketut, Rucina, Nicoline, Eliot Cohen, Jamie James, Kerry et Milt Turner, Pascal et Pika et à plusieurs autres, incluant Samuel L. Bronkowitz. À Lonely Planet, je remercie d'abord ceux dont la passion pour la destination au fil des années m'ont grandement aidé dans la préparation de ce guide : Marg Toohey, Virginia Maxwell, Tashi Wheeler, Ilaria Walker et plusieurs autres. La contribution de ces personnes pleines de talent ne doit pas être oubliée. Merci à Sarah Reid qui a supervisé cette édition. Enfin, toute mon affection à Alexis Averbuck.

CRÉDITS PHOTOGRAPHIQUES

Les cartes climatiques sont adaptées de Peel MC, Finlayson BL & McMahon TA (2007) "Updated World Map of the Köppen-Geiger Climate Classification", Hydrology and Earth System Sciences, 11, 163344.

Photographie de couverture : Temple Pura Ulun Danu Bratan, Candikuning, Martin Puddy/ Getty©.

À PROPOS DE CET OUVRAGE

Cette 9e édition française est la traduction de la 15e édition du guide *Bali & Lombok* en anglais, mise à jour par Ryan Ver Berkmoes. Les deux éditions précédentes ont été rédigées par Ryan Ver Berkmoes, Adam Skolnick et Iain Stewart.

Traduction
Maud Combier, Florence Delahoche, Jeanne Robert

Direction éditoriale
Didier Férat

Adaptation française
Carole Haché

Responsable prépresse
Jean-Noël Doan

Maquette
Valérie Police

Cartographie
Cartes originales de Gabriel Lindquist et Julie Sheridan, adaptées en français par Nicolas Chauveau

Couverture
Adaptée en français par Annabelle Henry

Remerciements à
Christophe Corbel, Chantal Duquénoy et Jean-Victor Rebuffet pour leur précieuse contribution au texte, à Christiane Mouttet pour sa relecture attentive, à Margaux Pigois pour la préparation du manuscrit anglais ainsi qu'à Lydie Simon pour ses conseils éclairés. Mes remerciements également à toute l'équipe du bureau de Paris, et notamment à Dominique Spaety pour son soutien. Merci aussi à Andy Nielsen, Darren O' Connell, Chris Love, Sasha Baskett, Angela Tinson, Jacqui Saunders, Ruth Cosgrave et Glenn van der Knijff du bureau de Melbourne ainsi que Clare Mercer, Joe Revill, Sarah Nicholson et Luan Angel du bureau de Londres.

Index

Les cartes sont en **gras**, les photos en **bleu**

Les cartes sont en **gras**, les photos en bleu

P

Les cartes sont en **gras**, les photos en **bleu**

Les cartes sont en **gras**, les photos en bleu

INDEX DES ENCADRÉS

Art et architecture

Cuisine

Culture et société

Fêtes et festivals

Histoire et légendes

Itinéraires

Nature et environnement

Sports et activités

Transports

INDEX DES ENCADRÉS (suite)

Vie pratique

Légende des cartes

À voir

- Château
- Monument
- Musée/galerie/édifice historique
- Ruines
- Église
- Mosquée
- Synagogue
- Temple bouddhiste
- Temple confucéen
- Temple hindou
- Temple jaïn
- Temple shintoïste
- Temple sikh
- Temple taoïste
- Sentō (bain public)
- Cave/vignoble
- Plage
- Réserve ornithologique
- Zoo
- Autre site

Activités, cours et circuits organisés

- Bodysurfing
- Plongée/snorkeling
- Canoë/kayak
- Cours/circuits organisés
- Ski
- Snorkeling
- Surf
- Piscine/baignade
- Randonnée
- Planche à voile
- Autres activités

Où se loger

- Hébergement
- Camping

Où se restaurer

- Restauration

Où prendre un verre

- Bar
- Café

Où sortir

- Salle de spectacle

Achats

- Magasin

Renseignements

- Banque
- Ambassade/consulat
- Hôpital/centre médical
- Accès Internet
- Police
- Bureau de poste
- Centre téléphonique
- Toilettes
- Office du tourisme
- Autre adresse pratique

Géographie

- Plage
- Refuge/gîte
- Phare
- Point de vue
- Montagne/volcan
- Oasis
- Parc
- Col
- Aire de pique-nique
- Cascade

Agglomérations

- Capitale (pays)
- Capitale (région/ État/province)
- Grande ville
- Petite ville/village

Transports

- Aéroport
- Poste frontière
- Bus
- Téléphérique/funiculaire
- Piste cyclable
- Ferry
- Métro
- Monorail
- Parking
- Station-service
- Station de métro
- Taxi
- Gare/chemin de fer
- Tramway
- U-Bahn
- Autre moyen de transport

Les symboles recensés ci-dessus ne sont pas tous utilisés dans ce guide

Routes

- Autoroute à péage
- Voie rapide
- Nationale
- Route secondaire
- Petite route
- Chemin
- Route non goudronnée
- Route en construction
- Place/rue piétonne
- Escalier
- Tunnel
- Passerelle
- Promenade à pied
- Promenade à pied (variar
- Sentier

Limites et frontières

- Pays
- État/province
- Frontière contestée
- Région/banlieue
- Parc maritime
- Falaise
- Rempart

Hydrographie

- Fleuve/rivière
- Rivière intermittente
- Canal
- Étendue d'eau
- Lac asséché/salé/ intermittent
- Récif

Topographie

- Aéroport/aérodrome
- Plage/désert
- Cimetière (chrétien)
- Cimetière (autre)
- Glacier
- Marais/mangrove
- Parc/forêt
- Site (édifice)
- Terrain de sport

LES GUIDES LONELY PLANET

Une vieille voiture déglinguée, quelques dollars en poche et le goût de l'aventure, c'est tout ce dont Tony et Maureen Wheeler eurent besoin pour réaliser, en 1972, le voyage d'une vie : rallier l'Australie par voie terrestre via l'Europe et l'Asie. De retour après un périple harassant de plusieurs mois, et forts de cette expérience formatrice, ils rédigèrent sur un coin de table leur premier guide, *Across Asia on the Cheap*, qui se vendit à 1 500 exemplaires en l'espace d'une semaine. Ainsi naquit Lonely Planet, dont les guides sont aujourd'hui traduits en 12 langues.

NOTRE AUTEUR

Ryan Ver Berkmoes

Ryan Ver Berkmoes a d'abord été fasciné par l'écho du gamelan balinais en 1993. Depuis, lors de ses visites, il a exploré tous les recoins de l'île – tout en faisant quelques excursions à Nusas Lembongan, Nusa Penida, aux îles Gili et à Lombok. Alors qu'il pense tout connaître de Bali, il découvre un temple au bord de la mer qui ne figure sur aucune carte. Ryan ne se lasse jamais de l'île, sur laquelle sa vie sociale est trépidante. Quand il est loin des gamelans, Ryan écrit, notamment sur le voyage, sur ryanverberkmoes.com et Twitter (@ryanvb).

Bali et Lombok
9e édition
Traduit et adapté de l'ouvrage *Bali & Lombok, 15th Edition, April 2015*

Dépôt légal Juin 2015
ISBN 978-2-81614-824-4

Imprimé par Pollina, Luçon, France - L75619
Réimpression 02, mars 2016

En Voyage Éditions | un département place des éditeurs